あたしのクオレ

上

ビアンカ・ピッツォルノ作
関口英子訳

岩波少年文庫 237

ASCOLTA IL MIO CUORE

Text by Bianca Pitzorno

First published 1991 by Arnoldo Mondadori Editore S.p.A., Milano
This Japanese edition published 2017
by Iwanami Shoten, Publishers, Tokyo
by arrangement with Atlantyca S.p.A., Milano

読者のみなさんへ

これは、現実世界《げんじつせかい》と空想世界《くうそうせかい》を結《むす》ぶ物語です。どういうことかというと、お話のなかで語られる学校でのできごとは、どれも本当にあったことなのですが、全部が全部、おなじ年に起こったわけではありません。また、ひとつのクラスで起こったわけでも、おなじ人が体験《たいけん》したわけでもありません。

読者からよく寄《よ》せられる、「ビアンカさんが子どものころ、学校ってどんなところだったの?」という質問《しつもん》に、物語の形でお答えするために、いろいろなエピソードを、作者であるわたしがつなぎあわせたものなのです。

お話のなかにはきっと、みなさんからしてみれば、おかしいと思えるようなこともあるでしょう。ですが、わたしが小学校に通っていたのは何十年もむかしのことですから、子

どもたちの暮《く》らしは、みなさんの暮《く》らしとは大きく異《こと》なっていました。まず、当時はテレビがまだ普及《ふきゅう》していませんでした。それに、大きな戦争《せんそう》が終わったばかりで、貧《まず》しい人たちは本当に苦しい生活をしていましたし、裕福《ゆうふく》な家庭であっても、今日の一般家庭《いっぱんかてい》にあふれているような、ありとあらゆる便利《べんり》な物(なかにはむだな物もありますが)はありませんでした。貧《まず》しい人が大勢《おおぜい》いたからこそ、裕福《ゆうふく》な家庭には何人ものお手伝《てつだ》いさんや乳母《うば》がいました。

学校のクラスは、基本的《きほんてき》に男女別々《だんじょべつべつ》。「男女共学《だんじょきょうがく》」のクラスはごくわずかで、新しくて野心的《やしんてき》な試《こころ》みだと考えられていました。

つくえはたいてい二人掛《が》けだったので、となりの席《せき》がだれかということは、とても重要《じゅうよう》でした。つくえは頑丈《がんじょう》な木でできていて、天板《てんばん》が上に持ちあげられるようになっていました。下に教科書やかばんがしまえるだけでなく、人に見られたくないものをかくしたり、思いっきり閉《し》めると大きな音がするので、騒《さわ》いだりするときにも、とても役立ちました。

ボールペンもサインペンもなく、万年筆は、お金持ちの大人だけにゆるされたぜいたく品でした。ふだん学校では、「つけペン」といって、つぼに入れたインクにペン先をつけて文字を書いていました。ペン軸《じく》の先端《せんたん》にペン先をはめて使うのですが、このペン先は交《こう》換《かん》することもできます。ペン先には、しずくとか、鐘突《かねつ》き塔《とう》とか、人差《ひとさ》し指《ゆび》をたてた手とか、いろいろな形があって、お気に入りのペン先にこだわる子もいれば、いろいろな種類《しゅるい》のペン先を集めている子もいました。よく、ノートにインクがたれて染《し》みができるのですが、それをかわかすときには、吸《す》いとり紙《がみ》を使っていました。

お金の価値《かち》や単位《たんい》もいまとはまったくちがい、二十リラ〔リラは、欧州連合《おうしゅうれんごう》の単一通貨《たんいつつうか》であるユーロが導入《どうにゅう》された二〇〇二年までイタリアで使用されていた通貨《つうか》の単位《たんい》〕でノートを買うことができました。百リラも出せば、ペンと色鉛筆《いろえんぴつ》のセットを買うことができたのです。

小学校では、男子も女子も、丈《たけ》がひざぐらいまであるスモックをはおっていました。それをはおると、下に着ている私服《しふく》は完全《かんぜん》にかくれてしまいます。男の子は、冬の寒い季節《きせつ》でも半ズボンをはいていました。

子どもたちの学習の到達度《とうたつど》は、テストや提出物《ていしゅつぶつ》について、そのつど0点から10点までの成績《せいせき》で評価《ひょうか》されました。6点がぎりぎりの合格点《ごうかくてん》、6点に満《み》たない場合には落第点《らくだいてん》となりますが、優秀《ゆうしゅう》な生徒《せいと》でも、ときには3点や4点をとることがありました。また、提出《ていしゅつ》された宿題の内容《ないよう》や、口頭試問《こうとうしもん》の答えがまったくなっていないと先生が判断《はんだん》すると、0点では気がすまず、ななめに線の入った0をつけることもありました。それに対して、最高点《さいこうてん》は

「10点プラスほめ言葉」というものでした。

公立の小学校には、学校ごとに学童保護協会《がくどうほごきょうかい》という組織《そしき》がありました。貧《まず》しい家庭の子どもたちのために、靴《くつ》や教科書、ノート、鉛筆《えんぴつ》、栄養補給剤《えいようほきゅうざい》などを無償《むしょう》で配るだけでなく、学校でお昼ごはんが食べられるように、給食《きゅうしょく》を提供《ていきょう》していたのです。

小学校［イタリアの小学校は五年生まで］を卒業《そつぎょう》したあとは、全員が中学校に進むわけではありませんでした。貧《まず》しい家庭の子どもたちのなかには、小学校で勉強は終わりという子も少なくありませんでした。仕事をするために必要《ひつよう》な最低《さいてい》の学歴《がくれき》は、小学校の五年間と法《ほう》律《りつ》で定められていたからです。

それでも、十四歳未満《さいみまん》は労働《ろうどう》が禁《きん》じられていたので、貧《まず》しい家庭の子どもたちは職業《しょくぎょう》訓練校《くんれんこう》に入り、十四歳《さい》になったらすぐに仕事がはじめられるように、さまざまな技術《ぎじゅつ》を身につけました。ですが、大半《たいはん》が賃金《ちんぎん》の安い仕事でした。

高校や大学まで行く予定の子どもたちだけが、中学校に進学したのです。

おもちゃも、いまのおもちゃよりもずっとシンプルなものでした。当時はまだプラスチック製《せい》のものはめずらしく、こわれやすいのはあたりまえでした。

赤ちゃん用の紙おむつも出まわっていませんでしたし、スーパーマーケットやデパート、ハンバーガー屋さんやコカ・コーラもありませんでした。

そのかわり映画館《えいがかん》の数はいまよりも多く、いなかの小さな町では、午後の上映時間《じょうえいじかん》になると、子どもたちだけで二、三人連《つ》れだって映画《えいが》を見にいくこともありました。

でも、あのころ、人生にいろどりをそえ、幸せや興奮《こうふん》、ときには絶望《ぜつぼう》や怒《いか》りをもたらしていたのは、物質的《ぶっしつてき》なものではありませんでした。娯楽《ごらく》があるとかないとか、便利《べんり》だとか不便《ふべん》だとか、そういったこととはあまり関係《かんけい》がなく、なによりも大切だったのは、人と人との関係《かんけい》だったのです。もちろんそれは現代《げんだい》でも変《か》わりません。子どもの場合、同世代の仲間《なかま》たちとのかかわりも大切ですが、それとおなじくらい、ときに理解《りかい》できないところもある大人の世界とのかかわりも大切です。

本書に大勢《おおぜい》の人たちが登場するのはそのためです。中心となる三人の女の子、プリスカ、エリザ、ロザルバの人生において、一人ひとりの登場人物がみんな、欠《か》かせない役割《やくわり》を果《は》たしているのです。

献辞

物語に挿入《そうにゅう》されているエピソードの大半《たいはん》は、わたしの個人的《こじんてき》な思い出をもとにしたものです。ですので、幼少期《ようしょうき》のわたしにとって大切な役割《やくわり》を果《は》たしてくれた人たちと、そののち、わたしが成長《せいちょう》するうえで大きな影響《えいきょう》を与《あた》えてくれた人たちに、この本を捧《ささ》げたいと思います。この本の登場人物とおなじく、大勢《おおぜい》います(ここに名前を挙《あ》げられなかった人もたくさんいます)。

まずは、大好《だいす》きなおじさんたちへ。エットレおじさん、ニーノおじさん、ペッピーノおじさん、ピーノおじさん、ステファノおじさん。五人のような人情《にんじょう》あふれる人は、最《さい》近《きん》ではめっきり少なくなってしまいました。

マリザ・カレッドゥへ。アルピア先生と戦《たたか》っていた日々、勇敢《ゆうかん》にも、いつもわたしのかたわらにいてくれました。

マリザの三人のすばらしい娘《むすめ》、シルヴィアと、サーラと、シビッラへ。わたしたちの物語を、あきることなく何万回も聞いてくれてありがとう。

キアラ・コッリーニへ。理由は彼女《かのじょ》がいちばんよく知っています。

わたしが学校ぎらいにならないように力を貸《か》してくださった「やさしい」先生たちへ。マルチェッラ・ニグラ先生、マルゲリータ・セッキ先生、マンリオ・ブリガリア先生、ジュゼッペ・ブドゥローニ先生。

そして最後《さいご》に、教師《きょうし》のなかの教師《きょうし》、アントニオ・ファエーティ先生へ。

もくじ

1月

さし絵　本田《ほんだ》　亮《りょう》

下巻《げかん》もくじ　より

おもな登場人物

プントーニ家

プリスカおばあちゃん
おじいちゃん（弁護士）
再婚
テレザおばあちゃん

お父さん（弁護士）
お母さん

ガブリエレ兄さん（中学一年生）
プリスカ（作家志望）
フィリッポ（赤ちゃん）

ディノザウラ（カメ）

アントニア（年をとったほうのお手伝いさん）
イネス（若いほうのお手伝いさん）

カルダーノ家

お父さん（洋品店経営）
お母さん（画家）

レオナルド兄さん
ミケランジェロ兄さん
ロザルバ（画家志望）

ピラスさん（お店の倉庫係）

オンディーナ・ムンドゥラ先生（プリスカの家庭教師）

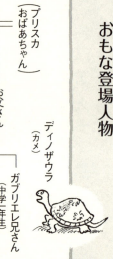

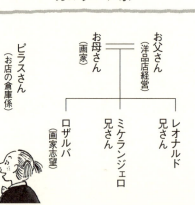

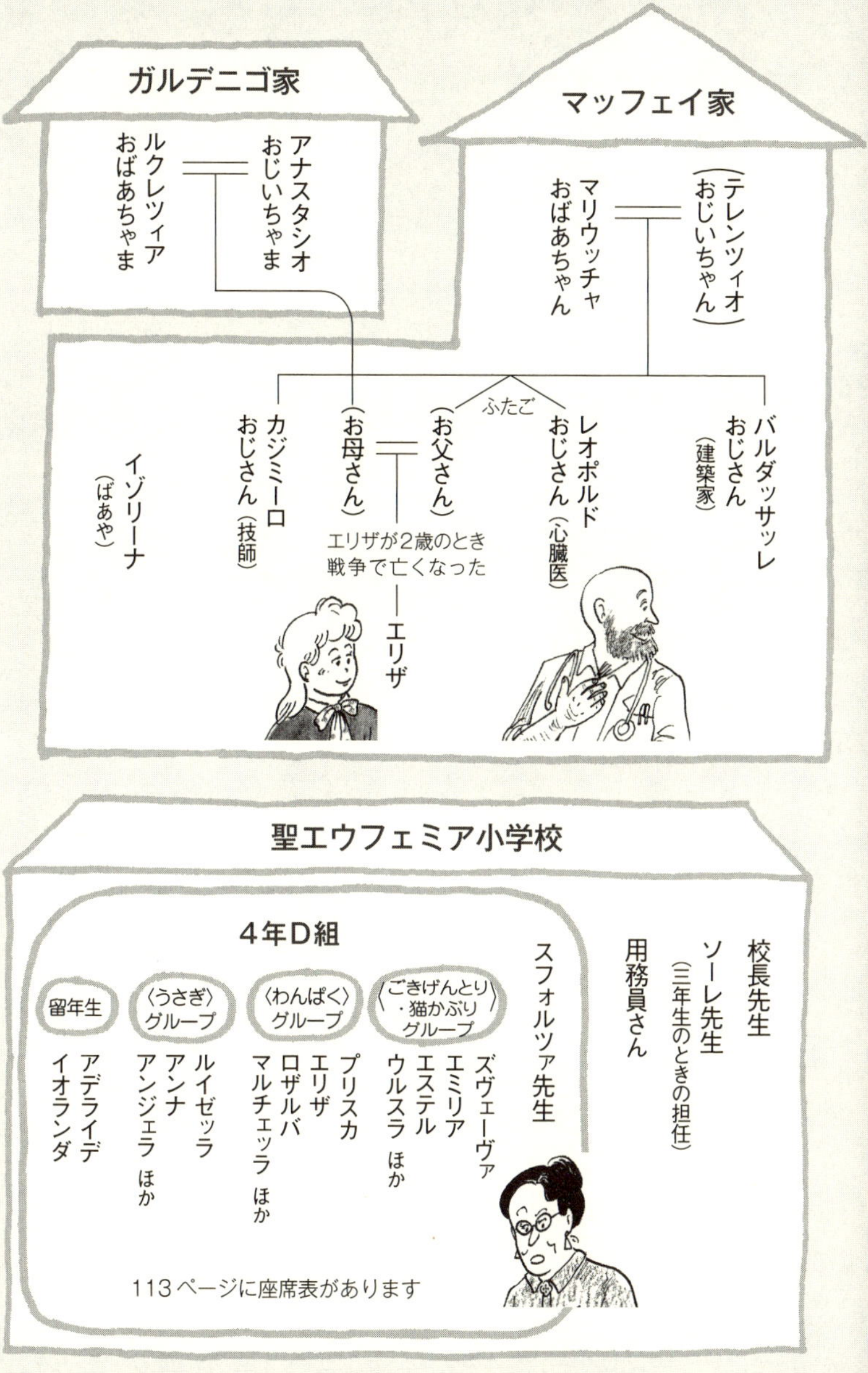

ガルデニゴ家
アナスタシオ おじいちゃま
ルクレツィア おばあちゃま
マッフェイ家
（テレンツィオ おじいちゃん）
マリウッチャ おばあちゃん
バルダッサッレ おじさん（建築家）
レオポルド おじさん（心臓医）
ふたご
（お父さん）
（お母さん）
カジミーロ おじさん（技師）
イゾリーナ（ばあや）
エリザが2歳のとき戦争で亡くなった
エリザ
聖エウフェミア小学校
校長先生
ソーレ先生（三年生のときの担任）
用務員さん
4年D組
スフォルツァ先生
〈ごきげんとり・猫かぶりグループ〉
ズヴェーヴァ
エミリア
エステル
ウルスラ ほか
〈わんぱく〉グループ
プリスカ
エリザ
ロザルバ
マルチェッラ ほか
〈うさぎ〉グループ
ルイゼッラ
アンナ
アンジェラ ほか
留年生
アデライデ
イオランダ
113ページに座席表があります

あたしのクオレ　上

9月
SETTEMBRE

1　なかよし三人組の一人プリスカと、カメのディノザウラ

小さかったころのプリスカは、お父さんやおじいちゃんにしつこく言われても、頭まで水につけて泳ぐ練習だけは、だんこ拒否《きょひ》していた。海水が、耳の穴《あな》から脳《のう》みそまで入ってくると思いこんでいたからだ。脳《のう》みそが水びたしになんかなったら、うまく働《はたら》かなくなるに決まっている。それもこれもきっと、プリスカが物わかりの悪いようなことがあると、しびれを切らしたおじいちゃんから、「おいおい、おまえの脳《のう》みそは、スープでうすまっちまったんじゃないのか?」なんて言われていたせいだろう。

おなじ理由でプリスカは、ボートや防波堤《ぼうはてい》から海に飛《と》びこむ遊びも、ぜったいにしたがらなかった。お兄ちゃんのガブリエレやほかの子どもたちが、競《きそ》いあうように飛《と》びこみをしていてもだ。それなのに、プリスカがあごを持ちあげてのんびりと泳いでいると、決まって、いたずらっ子がうしろからこっそり近づいてきて、手でプリスカの頭を水中に押《お》し

こんではおもしろがるのだった。

そのせいで、プリスカは何度も泣《な》かされてきた。水がこわかったからでもあるけれど、なにより、自分がどれだけ無力《むりょく》かを思い知らされて怒《いか》りがこみあげたのだ。おまけに、ビーチパラソルのかげですずんでいるお母さんのところへ文句《もんく》を言いにいくと、お母さんは、プリスカの肩《かた》を持とうとも、なぐさめようともしないで、こんなふうにしかりつけた。

「まったく、あなたって子は冗談《じょうだん》もわからないの？　ちょっと神経質《しんけいしつ》すぎるのよ。べつにたいしたことをされたわけでもないでしょ？　そんなことでいちいち怒《おこ》ってたら、ビーチの笑《わら》い者《もの》になるだけよ」

そのうちにプリスカも大きくなり、脳《のう》みそのなかに海水が入ることは、百パーセントないとわかってきた。耳の穴《あな》だけじゃなく、顔にあるほかの穴《あな》からも、水が脳《のう》に到達《とうたつ》するなんてありえない。医学の本にのっている図を見せながら、そうプリスカに説明《せつめい》してくれたのは、レオポルド・マッフェイ先生だった。親友のエリザのおじさんで、お医者さんだ。

「口や鼻からだと、肺《はい》や胃《い》に水が入ることはあっても、脳《のう》みそにはぜったいに入らないよ」

と、教えてくれた。それはプリスカにとって、なによりの安心材料《あんしんざいりょう》だった。

そんなプリスカも、いまではもう九歳《さい》。口をぎゅっと結《むす》び、二本の指で鼻をつまめば海に飛《と》びこむことだってできたし、顔を水につけて泳ぐことだってできるようになった。あおむけになって頭を水面すれすれまでしずめ、完《かん》ぺきな「死体のポーズ」だってできた。目を開けたままだってお手のものだ。たしかに潮水《しおみず》が少し目にしみたけれど……。水の上にあるのは鼻の穴《あな》だけで、それも、水面からわずか一ミリぐらい出ているだけだった。

　プリスカに「死体のポーズ」を教えてくれたのは、ディノザウラだ。ディノザウラは陸《りく》ガメの一種《いっしゅ》(学術的《がくじゅつてき》な名前はギリシャリクガメ)で、エラ呼吸《こきゅう》ではなく、肺呼吸《はいこきゅう》をする。だから、どうしたって空気を吸《す》う必要《ひつよう》があった。ディノザウラは陸《りく》ガメのくせして、砂浜《すなはま》まで連《つ》れていってビーチパラソルの下においてやると、プリスカにくっついて海の中まで入ってくる。そして、砂浜《すなはま》からそう遠くない場所で、黄色と茶色の甲羅《こうら》を完全《かんぜん》に水中にしずめ、海面から鼻だけをちょこんとつきだし、気がつかないくらいわずかに足を動かしながら、水面でぷかぷか浮《う》いているのが好《す》きだった。もちろん、ディノザウラはあおむけになって「死体のポーズ」をすることはない。カメはお腹《なか》を上にした格好《かっこう》が苦手《にがて》だから、もしあおむけにひっくりかえっているカメに出会ったら、すぐにもとにもどして、ちゃんと歩けるようにしてあげなければならない。

　あるとき、ディノザウラがそうやってぷかぷか浮《う》いていたら、いつのまにか潮《しお》にさらわれ、すがたが見えないほど遠くの沖《おき》まで流されてしまったことがあった。プリスカは、泣《な》いて泣《な》いて、泣《な》きまくった。もう二度とディノザウラには会えないと思ったからだ。

ところが、次の日の朝七時、国境警備隊《こっきょうけいびたい》の人が、プントーニ家の呼《よ》び鈴《りん》を鳴らした。ディノザウラを連《つ》れてきてくれたのだ。ドアを開けに出たイネスの話によると、その若《わか》い隊《たい》員《いん》は、笑《わら》っているのか怒《おこ》っているのかわからない奇妙《きみょう》な顔をしていたらしい。というのも、知らない人の手でつままれ、連《つ》れまわされるのがおそろしくてたまらなかったディノザウラは、突発性《とっぱつせい》の下痢《げり》になり、緑色のまざった白いふんを隊員《たいいん》の制服《せいふく》のズボンに大量《たいりょう》にひっかけてしまったのだ。カメは緊張《きんちょう》するといつだって下痢《げり》をする。これは、プリスカとエリザが身をもって学んだことだ。

その人は、どうしてディノザウラの住んでいる家がわかったかというと、プレートがついていたからだ。それだけでなく、海面に浮《う》いていたディノザウラがひろいあげられ、スペインまで流されずにすんだのも、やっぱりこのプレートのおかげだった。

その日の朝五時ごろ、国境警備隊《こっきょうけいびたい》がパトロール艇《てい》でサルデーニャ島の沖《おき》に出て、密輸業《みつゆぎょう》者《しゃ》はいないか見まわりをしていたところ、海に浮《う》かんでいるカメを見つけたのだという。カメはなんとか岸にもどろうと必死《ひっし》でもがいていたけれど、潮《しお》に流されて、沖《おき》へ沖《おき》へと押《お》しもどされていた。隊員《たいいん》たちは、それがふつうのカメではないことにすぐに気づいた。なにやら自動車のナンバープレートのようなものがついていたからだ。なんだろうとふしぎに思い、魚をとる網《あみ》でカメをすくいあげてみたのだそうだ。

ディノザウラにプレートをつけるというのは、イネスのひらめきだった。イネスは、プントーニ家の若《わか》いほうのお手《て》伝《つだ》いさんだ。プントーニ家が毎年、夏のあいだだけ借《か》りている海の別荘《べっそう》は建物《たてもの》の一階にあったので、ディノザウラはしょっちゅう外に逃《に》げだしてしまう。いなか道をうろうろ歩きまわっているところを、野生のカメだと勘《かん》ちがいした人につかまえられ、連《つ》れ去《さ》られたらたいへんだと思っていたのだ。

そこでイネスは、なるべく頑丈《がんじょう》そうな、包帯《ほうたい》やガーゼをとめるのに使うピンクのテープを持ってきて、長方形に切ると、ディノザウラの甲羅《こうら》のうしろのほうに貼《は》った。貼《は》りつける前に、〈ディノザウラ・プントーニ　クリストーフォロ・コロンボ海岸通り29番地、カフェ・ジーノのとなり〉と、消えにくい鉛筆《えんぴつ》でぎゅっと力を入れて書いておいた。「これなら、ぬれてもだいじょうぶ」と言いながら。プリスカは、そんなイネスの思いつきと手際《てぎわ》のよさに感心するばかりだった。

それなのに、お母さんとガブリエレ兄さんときたら、げらげら笑《わら》って二人をからかった。

「自動車じゃあるまいし、カメにナンバープレートをつけるなんて！　そんなへんてこなもの、見たことも聞いたこともないよ」

まさにこのプレートのおかげで、国境警備隊《こっきょうけいびたい》の人たちはディノザウラがプントーニ家の一員だとわかり、家まで届《とど》けてくれたというわけだ。じつは届《とど》けてくれた人には、ついでにイネスを口説《くど》くという下心《したごころ》もあったのだけれど、イネスは制服《せいふく》を着た男の人が大《だい》の苦手《にがて》だったので、きっぱりと断《ことわ》った。

「制服《せいふく》すがたの男の人を見ると、あたしを逮捕《たいほ》しに来たんじゃないかって、落ち着かないのよね」と、イネスはプリスカに話してくれた。イネスの生まれ育った島の内陸部《ないりくぶ》の山村では、警察《けいさつ》のことを皮肉《ひにく》たっぷりに「正義《せいぎ》」と呼《よ》んでいた。村の人たちは、とくに悪いことをしていなくても、警察《けいさつ》とは折《お》りあいが悪かったのだ。

こうして命びろいしたディノザウラは、いまではプントーニ家の人たちといっしょに町にもどり、ガブリエレ兄さんの監督《かんとく》のもとでプリスカとエリザが製作《せいさく》した、りっぱなテラリウムのなかで暮《く》らしていた。といっても、すきをうかがってはうちのなかに入りこんで、プリスカの部屋へ行き、ベッドの下にもぐってしまうのだ。

そんなとき、アントニア（年をとったほうのお手伝《てつだ》いさん）が、いつものように底《そこ》がぺったんこの古いスリッパをはいて、掃除《そうじ》をするために部屋に入ろうものなら、ディノザウラはとてもカメとは思えないすばしっこさで隠《かく》れがから飛《と》びだし、アキレス腱《けん》にかみつくのだった。そして、そのままむんぎゅと足に食《く》らいつき、おどろいたのと痛《いた》いのとで悲鳴《ひめい》をあげたアントニアにふり落とされるまで、けっして放そうとはしなかった。ビリヤードの玉のように壁《かべ》にたたきつけられても、ディノザウラはちっともめげずに、ふたたびチャンスをうかがっては、アントニアにお決まりの奇襲攻撃《きしゅうこうげき》をしかけるのだ。

この一人と一匹《ぴき》は死ぬほど憎《にく》みあっているようだったけれど、プリスカにはさっぱりその理由がわからなかった。

2　新しい担任《たんにん》の先生に会うのが不安《ふあん》なプリスカ

あしたから学校がはじまるという九月二十三日のこと。

プリスカの家族は、しばらく前に海の家をひきあげて町にもどっていた。それでも、夏休みの最後《さいご》の日には、お父さんも弁護士事務所《べんごしじむしょ》から一日お休みをとり、車で、家族そろってシーズン最後《さいご》の海水浴《かいすいよく》に行くのが習わしだった。行き先は決まって、風がなくて、おだやかなジネプリ海岸だ。

プリスカは、あおむけになって海にぷかぷかと浮《う》いていた。しずまないように足先だけちょっぴり動かしながら。砂浜《すなはま》からは、キャッキャとはしゃぐ弟のフィリッポの声が聞こえてくる。イネスがフィリッポを空中にほうり投げては、抱《だ》きとめているのだ。ガブリエレ兄さんが、大きな岩を相手にサッカーボールをける音もする。プリスカは、空に浮《う》かぶ綿雲《わたぐも》や、飛《と》んでいるカモメをながめながら、太陽で目がくらまないように、まぶたをかるく閉《と》じて考えごとをしていた。

もちろん、あこがれの人のことを考えていたのだ。プリスカは、自分としてはもうすっかり泳ぎがじょうずになったつもりでいたから、もし、いま船が難破《なんぱ》して、「彼《かれ》」がおぼれかけたら、あたしがひげをつかんで助けてあげるのに……、と夢想《むそう》していた。そうすれば一生感謝《かんしゃ》してもらえる。親友のエリザは、そんなのくだらない考えだと言った。どっちにしろ、「彼《かれ》」はプリスカよりもよっぽど泳ぎがじょうずだから、助ける必要《ひつよう》なんてぜんぜんないと言うのだ。

「だけど、たおれてきた船のメインマストが頭に命中して、半分気をうしなうことだってあるかもしれないでしょ?」

プリスカは、映画《えいが》やマンガで、そんなシーンを何度も見たり読んだりしたことがあった。

それからプリスカは、学校のことを考えはじめ、少し心配になった。新学年からは新しい先生が担任《たんにん》になると聞いていたからだ。あした学校へ行って、はじめてその先生に会うことになる。いったいどんな人なんだろう。

もう何日も前から、プリスカは好奇心《こうきしん》と不安《ふあん》がいりまじった気持ちで、新しい先生のことをあれこれ想像《そうぞう》していた。ガブリエレ兄さんは、そんなプリスカをからかった。

「四年生は、どっちみち全クラスの担任《たんにん》が変《か》わるんだろ?」

そう言う兄さんは、中学校にあがることになっている。中学生になると、新しい担任《たんにん》の先生一人に受け持たれるのではなく、教科ごとに先生が変《か》わるから、何人もの初対面《しょたいめん》の先生に教わることになるらしい。

「おまえ、いまそんなんで、中学校にあがったらどうするつもりだ?」ガブリエレ兄さんは、意地悪《いじわる》くたずねた。「おまえのカメみたいに、緊張《きんちょう》しすぎてくそをたらすのか?」

ガブリエレ兄さんは、妹のプリスカを相手に、わざとそんな下品な言葉づかいをして、おもしろがるようなところがあった。それを聞きかじったプリスカは、なにも考えずに大人たちの前で——たとえば、お客さんがいる食事の席《せき》で——下品な言葉を口にしてしまい、おぎょうぎが悪いぞとか、失礼《しつれい》よ、などとしかられ、ひっぱたかれることになる。なのに、兄さんときたら、大人たちの聞いているところではそんな言葉をぜったいに口にしないように気をつけていたため、みんなからは、おぎょうぎがよくて落ち着いた子だと思われていた。

「兄さんはあんなこと言うけど、やっぱり心配だよね。新しい先生には、あたしだけじゃなくて、クラスのだれもまだ会ったことがないんだもの。顔だってわからないんだから」

それもそのはず、プリスカの通う聖《せい》エウフェミア小学校に以前《いぜん》からいた先生が、通常《つうじょう》の担任替《たんにんが》えでプリスカたちのクラスに移《うつ》るのではなく、べつの学校から新しい先生がやってくることになっていたのだ。

新しい先生については、お母さんたちのあいだでも、いろいろなうわさが飛《と》びかっていた。なんでも、去年までは町でただひとつの私立《しりつ》の女子校、讃美《アドラツィオーネ》女子学園小学校で教えていたらしい。お上品なフランス人修道女《しゅうどうじょ》たちが運営《うんえい》している学校で、通っている生徒《せいと》もみんな、お金持ちの家庭の、気取った女の子ばかりだった。

その先生は、勉強にかんしては高い目標《もくひょう》を生徒《せいと》たちに課《か》し、最新《さいしん》の授業方法《じゅぎょうほうほう》をとりいれている。音楽の授業《じゅぎょう》では、レコードプレーヤーまで使うそうだ。とにかく、ものすごく規《き》律《りつ》にうるさいらしい。

「こんど来る先生が教えた生徒《せいと》たちは、決まって中学校の入学試験《にゅうがくしけん》でいい成績《せいせき》をとるらしいわね」エリザの母方のルクレツィアおばあちゃまが言った。「かわいそうに、うちの孫《まご》はきっと勉強がおくれていると思われるでしょうね」

「エリザなら、ちっとも心配ありませんね。それに、あの子の親友のプリスカもだいじょうぶでしょうよ」と、父方のマリウッチャおばあちゃんが反論《はんろん》した。「二人とも、年齢《ねんれい》のわりに、いろいろなことをよく知ってますからね」

それでもプリスカは、心配で心配でたまらなかった。新しい先生が、まだ夏休みだというのに、さっそくおかしなことを言ってきたせいでもあった。先生が受け持つクラスの生《せい》徒《と》たちは、えりもとに結《むす》ぶリボンも、髪《かみ》を結《むす》ぶリボンも、これまでの青は使用しないようにと、学校の事《じ》務《む》室《しつ》を通して各家《かく》庭《か てい》に連《れん》絡《らく》があったのだ。

聖《せい》エウフェミア小学校の制《せい》服《ふく》は、すごくシンプルだった。全員が丈《たけ》の長い黒のスモックをはおり、女子は青いリボン、男子は赤いリボンをえりもとに結《むす》ぶ。それなのに、アルジア・スフォルツァ先生――これが新しい先生の名前だ――は、自分のクラスの生《せい》徒《と》たちだけ特《とく》別《べつ》に、水色の水玉もようの入ったピンクのリボンを結《むす》ばせることに決めた。しかも、このリボンが買えるのは、ゴリーツィア通りの手芸用品店だけらしい。先生は、わざわざお店まで指定してきた。

そこまで考えた瞬《しゅん》間《かん》、海面で浮《う》いていたプリスカは、はっとして大きく息を吸《す》い、その拍《ひょう》子《し》に、鼻に水がちょっと入ってしまった。リボンをまだ買っていないことを思いだしたのだ。お母さんが毎回、こんどでいいじゃないのと言ったので、けっきょく、その日の夕方買うことになっていた。

「どうかあたしたちが海から帰る時間まで、手芸用品店が開いてますように……」プリスカは祈《いの》るような気持ちだった。

プリスカたちが町にもどったとき、お店はまだ開いていた。ところがこまったことに、水色の水玉もようの入ったピンクのリボンは売り切れだった。

「弱りましたね、プントーニさん。今年はみんながいっせいにリボンを買いにきたもので……。在庫《ざいこ》もあまり用意してなかったんですよ。それで、おとといから一センチたりとも残《のこ》っていない状況《じょうきょう》なのです。あわててひと巻《まき》発注しましたが、入荷《にゅうか》するまでに十日ほどかかりますね」

「だから言ったでしょ！　どうして先週のうちに買っておいてくれなかったの？　エリザのおばあちゃんは早めに買ってたよ。いそがしいなら、イネスかアントニアに、たのめばよかったじゃない！」プリスカは大粒《おおつぶ》の涙《なみだ》をぼろぼろこぼしながら、お母さんに抗議《こうぎ》した。「あたし、リボンが買えるまで、学校になんて行かないんだから」

「そんな大げさに騒《さわ》ぐことじゃありません」

よその人の前で娘《むすめ》が泣《な》いたり、だだをこねたりするのを、お母さんは極端《きょくたん》にきらっていた。

「先生にしかられちゃうよ。新しい学

年の最初《さいしょ》の日だっていうのに、連絡帳《れんらくちょう》に注意を書かれるなんて、ぜったいにいや。あたしは、リボンなしじゃ学校に行かないからね」

「聞き分けのないことを言わないの。買えなかった理由を、ちゃんと連絡帳《れんらくちょう》に書いてあげるから」

「いやだ、行かない。ぜったいに行かない！」

お母さんはため息をついた。プリスカのほっぺたをぴしゃりとたたきたいところだったけれど、さすがにお店の人が見ている前で手をあげるのは、はばかられた。

「しかたないわね。だったら、あしたはお母さんが早起きして、学校まで送ってあげる。そうすれば、うわさの的《まと》の新しい先生の顔も見られるし、リボンのこともゆるしてもらうようにたのめるでしょ？　悪いのはお母さんだと、先生にきちんとお話しするから」

「それでいいね？」お父さんが念《ねん》を押《お》した。お父さんは夕飯《ゆうはん》の前にいったん事務所《じむしょ》のようすを見にいかなくてはならなかったし、お腹《なか》もへっていたのだ。

「わかった」プリスカはしぶしぶ答えたものの、その日の夜はずっと、ふくれっ面《つら》だった。

3　おなじく、新しい先生のことが気がかりなエリザ

いっぽう、エリザのうちでは、マリウッチャおばあちゃんが早々《はやばや》と、水色の水玉もようの入ったピンクのリボンを買ってくれていた。それでも、エリザもやっぱり次の日、学校で新しい先生に会うのが不安《ふあん》でたまらず、あんまり心配で、夕飯《ゆうはん》がちっとものどを通らないほどだった。

「食べないと、アンチョビみたいにがりがりにやせて、ちょっとでも風が吹《ふ》いたら飛《と》ばされてしまいますよ」お皿によそわれた料理《りょうり》がぜんぜんへらないのを横目で見ながら、ばあやのイゾリーナがおどすように言った。

「アフリカやインドには、食べるものも満足《まんぞく》にもらえない子どもたちが大勢《おおぜい》いるんだぞ」カジミーロおじさんも、とがめるように横から口をはさんだ。

「なにもわざわざ、そんな遠い国の話をひきあいに出さなくても……。それより、この、みごとなカツレツが、ドメニコの器《うつわ》に入れられることを考えてちょうだいな」と、ばあや

が反論《はんろん》した。

ドメニコというのは、マッフェイ家にあらわれる物乞《ものご》いだ。町のいちばん外《はず》れにある洞窟《どうくつ》に住んでいて、毎日決まって午後になると、お昼ごはんの残《のこ》りものをもらいにやってくる。針金《はりがね》の持ち手がついた、古ぼけたブリキの容器《ようき》に入れて持ち帰るのだ。エリザは、うす汚《よご》れていて、年をとっているドメニコがこわかった。夏だろうと冬だろうと、軍用《ぐんよう》の毛布《もうふ》でつくられた丈《たけ》の長いコートを着ていて、汚《よご》れでばりばりになったコートのすそが、歩くたびにはだしのくるぶしに当たっていた。そのかさぶただらけの足には、見るからにきたないぼろきれが巻《ま》かれていて、腰《こし》の曲がった体を杖《つえ》で支《ささ》えながら歩いていた。ドメニコは、外の石段《いしだん》のおどり場のところまで残《のこ》りものを持ってきてくれるばあやに対しては、礼儀正《れいぎただ》しく従順《じゅうじゅん》で、こびるような態度《たいど》さえとっていた。そのくせ、ある日、べつの物乞《ものご》いがマッフェイ家の石段《いしだん》をのぼろうとしたら、ドメニコがかげで待ちぶせしていて、持っていた杖《つえ》でたたいて追いはらい、ひどい悪口やら、のろいの言葉やらをあびせたのだった。

そんなドメニコのことや、残《のこ》りものがごったになって入っているブリキの容器《ようき》のことを考えたら、エリザの胃袋《いぶくろ》はますますちぢみあがってしまった。

「さあ、しっかり食べてちょうだい。ひと口でもいいから。聖母《せいぼ》マリアさまのために小さな犠牲《ぎせい》をはらうのです」イゾリーナばあやは、しぶとくねばった。

「なにを言ってるんだ。犠牲《ぎせい》をはらうとしたら、聖イゾリーナさまのためだろう」それまでだまって聞いていたレオポルドおじさんが、あきれてつぶやいた。「好《す》きにさせてやったらどうだ。ちょっとぐらい断食《だんジキ》しても、死ぬ時期《ジキ》が早まるわけでもあるまいし……」

言葉遊びに気づいて、エリザがくすりと笑《わら》ってくれないかと、レオポルドおじさんは期待した。ところがエリザは、お皿をじっと見つめてくちびるをかむばかりだった。

「中世の騎《き》士《し》たちも、新しい司教《しきょう》がやってくる前の日は断食《だんじき》して、夜通《よどお》しお祈《いの》りをしていたものだ」カジミーロおじさんの話が横道にそれた。「空腹《くうふく》のまま、ひと晩《ばん》じゅう冷《つめ》たい床《ゆか》にひざまずいて、祈《いの》りをささげたらしいぞ」

「中世の騎《き》士《し》の話なんて、よしてちょうだい」マリウッチャおばあちゃんが抗議《こうぎ》した。「そんな話をしたら、エリザがますます緊張《きんちょう》するだけじゃないの。エリザ、心配することはひとつもないんだよ。すぐに新しい先生のことが好《す》きになるからね。きょうはもう、寝《ね》ておしまいなさい。ばあやにハチミツ入りのホットミルクを持っていかせましょうね」

「『ブラック・ジャングルの秘密《ひみつ》〔エミリオ・サルガーリの冒険小説《ぼうけんしょうせつ》〕』を一章読んであげようか?」と、カジミーロおじさんが歩みよるために提案《ていあん》すると、レオポルドおじさんがすかさず反論《はんろん》した。

「本ぐらい自分で読めるさ。もう小さな子どもじゃないんだ」

それは事実だった。エリザのベッドの横のテーブルには、きれいな挿絵《さしえ》の入った『小《しょう》公女《こうじょ》』がおかれていた。ロザルバに貸《か》してもらった本で、毎晩《まいばん》、寝《ね》る前に何ページかずつ読んでいた。ちょうど、セーラ・クルーの家が貧《まず》しくなってしまい、意地《いじ》の悪い院長先生に、これからは屋根裏《やねうら》で寝《ね》なさいと告《つ》げられる場面まで読んだところだった。エリザは、この先どうなるのか気になり、早く続《つづ》きを読みたくてたまらなかった。

おかげで、ベッドに入るとたちまち本の世界に入りこみ、新しい先生のことなどすっかりわすれてしまった。

4　プリスカとエリザ、いよいよ新学期をむかえる

９　月

「緊張《きんちょう》してるの？」学校の門をくぐるとき、マリウッチャおばあちゃんがエリザにたずねた。校庭は大勢《おおぜい》の生徒《せいと》たちでごったがえしている。

「だいじょうぶ、すべてうまくいくに決まってますよ」

「とにかく、おばあちゃんはもう帰っていいからね」一年生の小さな子じゃあるまいし、学校まで送ってもらったことが恥《は》ずかしくて、エリザは言った。「見て！　プリスカがいる。あたし、プリスカのところに行ってくるね」

「じゃあ、おばあちゃんもいっしょに行って、プリスカのお母さんにごあいさつしようかしらね」

プリスカは、指定されたリボンを結《むす》んでいないだけでなく、黒のくせっ毛はぼさぼさだし、白いえりは曲がっているし、スモックのうしろについているベルトは、片側《かたがわ》が外《はず》れてわきにたれさがっていた。しかも、家から学校までのわずかな時間で、なぜか鼻の頭にイ

ンクの染《し》みまでつけていた。

娘《むすめ》とは対照的《たいしょうてき》に、プリスカのお母さんはいつもどおりすごくエレガントで、髪《かみ》の毛《け》一本たりとも乱《みだ》れていないし、口紅《くちべに》だってちっともはみだしていない。手袋《てぶくろ》、パンプス、ハンドバッグ、そして麦わら帽子《ぼうし》にいたるまで、オーダーメイドの麻《あさ》のスーツのピンク色に、ばっちり統一《とういつ》されていた。

プリスカのお母さんは、マリウッチャおばあちゃんに気づくと、あいさつをしてから、言いわけがましい口調で言った。

「マッフェイさん、どうか信《しん》じてくださいな。うちを出るときには、娘《むすめ》もきちんとした格好《かっこう》をしてたんですのよ。なのに、五分もたたないうちに、街《まち》なかのわんぱく小僧《こぞう》みたいになってしまって。まったくどうしたものやら。娘《むすめ》といっしょに出かけるのが恥《は》ずかしくてこまりますわ」

「だったら、少し離《はな》れたところを歩いて、知らないふりをすればいいじゃない」プリスカはこっそり教えてあげた。

「聞きました？　こんなふざけたことまで言うんですのよ。新しく来る先生が、ソーレ先生みたいな放任主義《ほうにんしゅぎ》ではなくて、きびしく指導《しどう》してくれるといいのですけれど」

――そんなのいやよ――エリザは心のなかで思っていた。エリザは、いまのままのプリスカが好《す》きだった。エリザにとってプリスカは大《だい》の親友で、なにものにも代えることのできない存在《そんざい》なのだ。もう一人の親友ロザルバも、気立てがよくて、おもしろくて、やさしくて、しかも誠実《せいじつ》なので、カジミーロおじさんが「誠実《せいじつ》なカンマムーリ〈『ブラック・ジャングルの秘密《ひみつ》』の登場人物〉」とあだ名をつけたほどだったけれど、やっぱりプリスカがいちばんだった。

子どもや保護者《ほごしゃ》の集団《しゅうだん》に押《お》されるようにして、エリザたちは大理石の階段《かいだん》を昇降口《しょうこうぐち》のほうへと少しずつのぼっていった。

「ねえ、おばあちゃん。もう帰ってったら！」エリザがしびれを切らして言った。

「はいはい、帰りましょうね」そう答えながらも、マリウッチャおばあちゃんは少し不《ふ》満《まん》そうだった。「じゃあ、お昼に帰ってきたときに、どんな先生だったか教えてちょうだいね。それと、とちゅうで寄《よ》り道《みち》して遊んでないで、まっすぐ家に帰ってくること。いいわね」

プリスカのお母さんは、人混《ひとご》みを必死《ひっし》になってかきわけながら、二人にくっついて昇降《しょうこう》口《ぐち》の中まで入っていった。子どもたちは自分の教室を探《さが》して廊下《ろうか》をかけまわり、人にぶつかるのもおかまいなしに、大きな声で呼《よ》びあったり、笑《わら》ったりしている。

「見て！　マルチェッラがいる！　ヴィヴィアーナとフェルナンダもよ！　おはよう、ジュリア！」三年生のときのクラスメートを見つけて、プリスカが甲高《かんだか》い声をあげた。

長い夏休みのあとに学校の友だちに会うのは、いつだってわくわくするものだ。たとえ相手がズヴェーヴァやアレッサンドラのようにあまり感じのよくない友だちでも、それは変《か》わらなかった。なんだか、苦手《にがて》だと思っていた子たちの意地悪《いじわる》なところや欠点《けってん》だけでなく、それまで感じていた競争心《きょうそうしん》や、むかしのケンカまで、夏がそっくり消し去ってくれたみたいな気がするのだった。

じつはプリスカのクラスでは、一年生のときから、真ん中の列の女子と、右側《みぎがわ》の列の女子とに分かれて、対立が続《つづ》いていた。真ん中の列にすわっていたのが、プリスカとエリザの二人と、その仲間《なかま》たちだ。みんなとてもいい子なのだけれど、なかには元気がありあまって、にぎやかすぎる子もいて、三年生のときの担任《たんにん》のソーレ先生は、「うちのクラスのわんぱくたち」と親しみをこめて呼《よ》んでいた。そのうちに、〈わんぱく〉というのが真ん中の列全体の呼《よ》び名《な》になった。右の列には、プリスカたちが〈猫《ねこ》かぶり〉と呼《よ》んでいる子たちと、〈ごきげんとり〉と呼《よ》んでいる子たちが半分ずつすわっていた。それぞれがまじりあって、なかよしグループやそれに敵対《てきたい》するグループをつくっては、自慢《じまん》しあったり、秘密《ひみつ》をばらしたり、告《つ》げ口《ぐち》をしたりする。ただし、いちばん前の席《せき》の、とくべつに意地悪《いじわる》なズヴエーヴァ・ロペス・デル・リオだけは、お高くとまりすぎて、友だちとそんなふうにつるむことはなかった。そのかわり、いばっているうえに乱暴《らんぼう》だったので、となりの席《せき》のエミリア・ダミアーニがいつも被害《ひがい》にあっていて、つねられたり、ひじでつつかれたりして、青あざだらけになっていた。

いっぽう、左の列の子たちはあまりまとまりがなく、決まったリーダーもいなかった。なにかあるとたいてい中立の立場をとるために、〈うさぎ〉と呼《よ》ばれていた（いちばん前に座《すわ》っているマルチェッラとロザルバは、〈わんぱく〉組に入るのでべつだ）。といっても、対立がはげしくなると、プリスカたちのいる真ん中の列の味方《みかた》をしてくれた。ただし、それが真ん中の列の子たちにとって有利《ゆうり》に働《はたら》くかというと、そうでもなかった。というのも、右の列の子たちは、その気になれば、先生という強力な味方《みかた》をつけることができたからだ。〈猫《ねこ》かぶり〉や〈ごきげんとり〉たちの下心《したごころ》みえみえの言動に、先生はいつだってころりとだまされてしまうのだった。

ソーレ先生は、クラスの生徒同士《せいとどうし》がいがみあっていることに気づいていたけれど、それほど深刻《しんこく》にはとらえていなかった。子どもたちのあいだでの多少の対立は、あたりまえだと思っていたからだ。そして、どの生徒《せいと》もみんなかわいかったので、できるだけ公平にあつかおうと努力《どりょく》していた。

「わたし、自分でも恵《めぐ》まれてると思うの」と、同僚《どうりょう》の先生たちにも話していた。「クラスのふんいき、とてもいいのよ。みんな礼儀《れいぎ》正《ただ》しくて、いい子ばかりだし、保護者《ほごしゃ》だって熱《ねっ》心《しん》なの。問題なんてひとつもないんだから」

なかには、つつましい家庭の子どももいた。たとえば、ルイゼッラのうちはお母さんがパートで洋裁師《ようさいし》をしていたし、アンナのお父さんは学校の用務員《ようむいん》さんだった。それでも、午前中で授業《じゅぎょう》が終わると、全員が自分のうちに帰って食事をし、学童保護協会《がくどうほごきょうかい》が提供《ていきょう》する貧《まず》しい家庭の子のための給食《きゅうしょく》センターに通っている子は、一人もいなかった。それは、担任《たんにん》の先生にとっては、ありがたいことだった。子どもたちの騒《さわ》ぐ声がひびき、あまり質《しつ》のよくない料理《りょうり》のにおいがむっと立ちこめる半地下の食堂《しょくどう》で、監督係《かんとくがかり》の当番をしなくてすむからだ。

そんなD組は、女子クラスのなかでいちばん成績優秀《せいせきゆうしゅう》だという評判《ひょうばん》だった。新しい先生は、讃美《アドラツィオーネ》女子学園小学校から移《うつ》ってくることを、四年D組の担任《たんにん》ならば、という条件《じょうけん》でひきうけたといううわさまであった。

新学期のこの日、大勢《おおぜい》の生徒《せいと》でごったがえすなか、四年D組の生徒《せいと》だけがみんな、水色の水玉もようの入ったピンクのリボンをつけていたため、すぐに見分けることができた。でも、プリスカのように、えりもとにリボンをつけていない子も、四人か五人はいた。また、お母さんにつきそわれて登校している子もたくさんいた。なかには、かばんを持っていないほうの手に、花束《はなたば》をにぎりしめている子もいた。

「ほらほら、〈ごきげんとり〉たちが、さっそく新しい先生のごきげんうかがいをはじめてる」と、プリスカは思った。そして、じつは夏のあいだになにも変《か》わっていなかったことに気づき、ついさっきまで感じていた平和なふんいきは、見せかけの幻想《げんそう》でしかなく、すぐにまた対立がはじまるのだろうと思った。だったら言うべきことは言っておこうと考えたプリスカは、「ごきげんとり!」と、花束《はなたば》を持っている子のほうをあからさまに見ながら、けいべつをこめて言った。

保護者《ほごしゃ》の一人がそれを聞きつけ、自分の娘《むすめ》に言った。

「おぎょうぎの悪い子ね。いったいだれなの?」

それを耳にしたプリスカのお母さんは、顔を赤くした。

「あなたのせいで恥《はじ》をかかされたわ！　あの人がだれだかわかってるの？　パナーロ判《はん》事《じ》の奥《おく》さんよ。お父さんがいま受け持っている訴訟《そしょう》の、担当判事《たんとうはんじ》さんなんだから」

プリスカは、お母さんに頭をたたかれても、声をあげずに平気な顔をしていた。ウルスラがこっちを見ていたからだ。いたがっているところを〈猫《ねこ》かぶり〉のウルスラに見られて、いい気味だと思われるのだけは避《さ》けたかった。

そんなふうに強がって見せてはいたものの、本当のところプリスカは、ものすごく緊張《きんちょう》していた。だんだんと教室に近づくにつれて、心臓《しんぞう》の鼓動《こどう》がどんどん早くなるのがわかった。そこでプリスカは、エリザの手をとって、自分の胸《むね》に押《お》しあてた。プリスカの心臓《しんぞう》がどくんどくんどくんと鳴っているのがわかる。

「あたしのことをおどろかせようと思って、わざと心臓《しんぞう》を早く動かすのはやめてよね」

エリザはたしなめた。

「エリザったら、おじさんが心臓専門《しんぞうせんもん》のお医者さんなのに、なんにもわかってないんだから。心臓《しんぞう》は肺《はい》や胃《い》とおなじで、意志《いし》とは関係《かんけい》なく動くんだって、ソーレ先生が授業で言ってたのをわすれたの？　わざと早く動かすことなんてできっこないでしょ」

ちょうどそこへ、ロザルバがかけ足でやってきた。そのうしろから、グレーのうわっぱ

りすがたの年をとった男の人が、かばんを持って追いかけてくる。みんなは、この人をロザルバのおじいちゃんだと思っていたけれど、そうではなく、お父さんのお店で倉庫係《そうこがかり》として働《はたら》いているピラスさんだ。

「ほらね、ちゃんと間《ま》に合ったでしょ？　もうお店にもどっていいわよ」

ロザルバは、息をはあはあさせながら言った。エリザとおなじく、うちの人に送ってもらっているところを、友だちに見られるのがいやだったのだ。ピラスさんは、その言葉を待ってましたとばかりに、ロザルバのかばんを足もとにおくと、くるりとむきを変《か》えて歩きだした。おがくずをまいてお店の床《ゆか》をきれいにそうじし、シャッターを開けるという仕事が、まだ残《のこ》っていたからだ。

なかよし三人組は、二日前にも、エリザの家で集まって遊んだばかりだったというのに、まるで百年ぶりのことのように感激《かんげき》して、再会《さいかい》を喜《よろこ》びあった。三人で廊下《ろうか》を曲がると、ちょうどそのつきあたりの、去年とおなじ教室の入口に、新しい先生が待ちかまえていた。

5　新しい先生の登場

スフォルツァ先生は中くらいの背丈《せたけ》で、ちょっと太めで、想像《そうぞう》していたよりも年をとっていた。もしかすると体ぜんたいが灰色《はいいろ》っぽかったので、そう見えただけなのかもしれない。髪《かみ》の毛《け》はウェーブのかかった鉄のような灰色《はいいろ》で、銀ぶちのメガネをかけていた。なんだか先生の顔まで灰色《はいいろ》に見えてくる、とエリザは思った。そのくせ、シクラメンみたいな濃《こ》いピンクの口紅《くちべに》が、どきつい染《し》みのように目立っていた。

ところが、お母さんに手をひかれ、小さな花束《はなたば》をかかえたエステル・パナーロが近づいてくるのを目にしたとたん、みるみるうちに先生の表情《ひょうじょう》がやわらかくなり、シクラメン色の大きな笑《え》みでかがやきだした。そのようすを見ていたプリスカは、――〈ごきげんとり〉がさっそく先生の心をつかんでる――と心のなかで思っていた。

それからスフォルツァ先生は、やはり笑顔《えがお》を浮《う》かべて保護者《ほごしゃ》みんなに順《じゅん》にあいさつをし、数えきれないほどのほめ言葉を口にした。そして、プリスカのうちとおなじように、水色の水玉もようの入ったピンクのリボンを準備《じゅんび》できなかったお母さんたちがあやまるのを、これまた笑顔《えがお》で聞いていた。

「どうぞご心配なく、お母さん。ええ、そうですよね。もちろん、手芸用品店のミスです。だいじょうぶ。しばらくは目をつぶりますから。ですが、できるだけ早くリボンを結《むす》んで登校できるようにしてください。お宅《たく》のおじょうさんがわたしのクラスで、本当に光《こう》栄《えい》です。では失礼《しつれい》します。どうぞご安心ください。なんの問題もありません」

「ほらごらんなさい。やさしい先生じゃないの」プリスカのお母さんが小声で言った。

「あんなに朝早くから大騒《おおさわ》ぎして、お母さんを起こす必要《ひつよう》なんてなかったのよ。あなたはいつだって大げさなんだから」

先生は保護者《ほごしゃ》と心のこもった握手《あくしゅ》をかわし、子どもの頭をなでながら、髪《かみ》をやさしく整《ととの》えるのだった。それを見ていたエリザは少し安心した。

でも、席《せき》に着いたとき、プリスカが小さな声でこう言った。

「あたし、あの先生の手、好《す》きになれないな。どうしてかわかんないけど……。見た？白くてぶよぶよしてて、なんだか骨《ほね》がないみたい。頭をなでられたとき、ヘビみたいにぞわっとしたの」

先生に頭をなでられていないエリザは、なにも言えなかった。先生はなでる代わりに、前かがみになってエリザのおでこにキスをしたのだった。おかげで、エリザのおでこにはシクラメン色のあとが残《のこ》っていた。あなたはお父さんもお母さんもいないのだから特別《とくべつ》よ、と先生は説明《せつめい》した。きっと、通信簿《つうしんぼ》か出席簿《しゅっせきぼ》に書かれているのを読んだのだろう。

「エリザ・ルクレツィア・マリア・マッフェイ。父ジョヴァンニ（故人《こじん》）、母イザベッラ（故人《こじん》）」

エリザのお父さんとお母さんは、一人娘《ひとりむすめ》のエリザがまだ二歳《さい》だったとき、空襲《くうしゅう》にあって二人とも死んでしまった。エリザが助かったのは、そのころ両親とは暮《く》らしておらず、ばあやと、マリウッチャおばあちゃんと、田舎《いなか》に疎開《そかい》していたからだ。本好《ほんず》きのロザルバが好《この》んで読むような泣《な》けるお話のヒロインだったら、ここで天涯孤独《てんがいこどく》となるところだけれど、エリザはそうではなかった。むしろその逆《ぎゃく》で、エリザをひきとりたいという親戚《しんせき》がたくさんいすぎて、もうれつなケンカになったくらいだ。なかでもはげしく争《あらそ》ったのが、二人の祖母《そぼ》だった。

母方の祖母《そぼ》、ルクレツィア・ガルデニゴは、庭つきの広いお屋敷《やしき》に住んでいて、お手伝《てつだ》いさん三人と運転手が一人いるから、自分がだれよりも孫娘《まごむすめ》をひきとるのにふさわしいと言いはった。対する父方の祖母《そぼ》、マリウッチャ・マッフェイは、戦争中《せんそうちゅう》、息子《むすこ》たちが幼《おさな》い娘《むすめ》を自分にあずけて疎開《そかい》させたのは、親代わりとしてふさわしいと思ったからだと、一歩もゆずらなかった。

けっきょく、話しあいではまとまらず、運を天にまかせることになった。マリウッチャおばあちゃんに味方《みかた》するレオポルドおじさんと、ルクレツィアおばあちゃまに味方《みかた》するアナスタシオおじいちゃまのあいだで、サイコロ勝負がおこなわれたのだ。その結果《けっか》、レオポルドおじさんに軍配《ぐんばい》があがり、エリザは、これまでの話からもわかるように、年とったばあやのイゾリーナと、死んだお父さんの兄弟にあたる、カジミーロ、レオポルド、バルダッサッレという三人のおじさんたちといっしょに、マリウッチャおばあちゃんの家で暮《く》らすことになったというわけだ。

レオポルドおじさんは、エリザがかわいくて仕方ないときなど、ひざに抱《だ》いて、耳のうしろにキスしながら、焼《や》きもちをやいているふりをして、こう言うのだった。

「いいかい、エリザはぼくのものだ。だれにもわたさない。サイコロ勝負でぼくが勝ちとったんだ。もう、だれから勝負を挑《いど》まれようと、ぼくは受けないぞ」

6　新しいクラスメートが二人、あらわれる

お母さんたちはみんな帰ってしまい、子どもたちはそれぞれの席《せき》に着いた。ほとんどの子が三年生のときとおなじ席《せき》にすわり、みんな静《しず》かに待っていた。

あと何秒かで始業のチャイムが鳴るというときになって、見なれない子が二人、もじもじしながら教室の前にあらわれた。ほかの生徒《せいと》たちはすぐに、二人が貧《まず》しいうちの子だとわかった。下町の路地裏《ろじうら》か、町外《まちはず》れの、野原や畑がひろがるあたりに住んでいる子たちだ。そう思ったのは、二人がスフォルツァ先生に指定された水色の水玉もようの入ったピンクのリボンをえりもとに結《むす》ぶかわりに、ずいぶん色のあせた、ごくふつうの青いリボンを結《むす》んでいたからだけれど、それだけじゃない。

一か月ぐらい前のこと、マリウッチャおばあちゃんは、洋裁師《ようさいし》さんを呼《よ》んで、夏のあいだに四センチも背《せ》が伸《の》びたエリザのために、新しいスモックを二枚《まい》、ぬってもらった。そのとき、黒い生地《きじ》を見ながら、おばあちゃんのいつもの愚痴《ぐち》がはじまった。

「黒い制服を着て歩いているのを見ると、まるで修道院にあずけられた身寄りのない子どもみたいで、心が痛むわ」

エリザは、修道院の子どもたちが、黒いマントを着てならんでいるのを見たことがある。お葬式のミサで、みんな悲しそうな顔をしてラテン語の歌をうたっていたのだ。ところが、つきそいの修道女《しゅうどうじょ》がちょっと目を離《はな》すと、とたんににやにや笑《わら》ったり、顔をしかめたり、ひじでつっついたり、すねをけとばしたりと、悪ふざけをはじめる。エリザが見ていることに気がつくと、舌《した》を出してあっかんべえまでした。あの子たちの親戚《しんせき》は、どうして自分の家でひきとって育てると言わないのか、エリザはふしぎでたまらなかった。ひょっとすると、修道院《しゅうどういん》とサイコロ勝負をして、親戚《しんせき》みんなが負けてしまったのかもしれない。

エリザのうちでは、おばあちゃんが黒いスモックのことで文句《もんく》を言うたびに、バルダッサッレおじさんが口をはさみ、かたくるしい制服《せいふく》の味方《みかた》をするのだった。

「黒いスモックを着ていれば、男子だろうと女子だろうと、どの子もみんなおなじに見えるし、自分たちは平等だと感じることができるじゃないか。新しくてきれいな、流行の服を毎日とっかえひっかえ着てくるお金持ちの子と、古ぼけた服しか着られない貧《まず》しい家庭の子との差《さ》が目につかなくなるからね。上からスモックを着れば、私服《しふく》のちがいが全部かくれて、うらやましく思うことも、ライバル意識《いしき》が芽生《めば》えることもない。ぼくらは、教育の義務化《ぎむか》と無償化《むしょうか》を実現《じつげん》するために、これまでずいぶんたたかってきたんだ。だれもがおなじように通うことのできる小学校を実現《じつげん》するためにね。黒いスモックこそが、ようやく手に入れた平等のシンボルであり、ぼくらが誇《ほこ》りに思うべきものなんだよ」

バルダッサッレおじさんったら、どこまで脳天気《のうてんき》なんだろう。その日、新しくクラスにあらわれた二人の女子生徒《せいと》を観察《かんさつ》しながら、エリザは思っていた。たとえ黒いスモックをはおっていても、そのほかのいろんな特徴《とくちょう》から、エリザだってクラスメートたちだって、二人が貧《まず》しいうちの子だということぐらいすぐにわかる。

本当のところ、みんなが着ているスモックだって、どれもおなじというわけではなかった。ズヴェーヴァやエステルなんて、ぴかぴかの生地《きじ》で仕立てられた、スカートにはギャザーが入り、ぬいとりやフリルまでついている、まるでダンスの衣装《いしょう》みたいなのを着ていた。えりなんて糊《のり》のきいたレースだし、ポケットにはいつだって洗《あら》いたてのハンカチが入っていた。たいていの子たちは替《か》え用として二着は持っていて、なかには三着、しかもちょっとずつデザインがちがうスモックを持っている子もいた。そうかと思えば、すりきれて、つぎ当てがしてあったり、ポケットの角がほつれてたれさがっていたり、えりに、冷《つめ》たくてごわごわしたセルロイドのカラー(これだと、汚《よご》れても消しゴムでこするだけですぐに消えるから、洗《あら》う必要《ひつよう》がない)がついていたりするスモックもあった。しかも、貧《まず》しいうちの子どもたちはスモックを一着しか持っていなかったから、年がら年じゅうおなじのを着ていた。

それと、髪型《かみがた》。髪型《かみがた》を見れば、美容院《びよういん》に行ってカットやセットをしてもらったことがない子はすぐにわかる。そういう子たちは、最後《さいご》にシャンプーをしたのがいつかもよくわからないし、髪《かみ》につやもない。それだけでなく、ぎとぎとしていたり、こんがらがっていたり、汚《よご》れがこびりついていたりすることもあった。さらに、足もとに目をやれば、靴下《くつした》の左右がちがっていたり、つくろってあったりする。靴《くつ》なんて、足が大きくなりすぎて入らなくなったのを、先端《せんたん》だけハサミでがたがたに切ってサンダル風にしている子もいれば、学童保護協会《がくどうほごきょうかい》から支給《しきゅう》された、段《だん》ボールのようにばりばりで、底《そこ》がやぶれないように金属《きんぞく》のびょうが打ってある、ニセの革《かわ》でできたのをはいている子もいた。

貧《まず》しいうちの子たちは、なんだか刺激的《しげきてき》で、ちょっと野生っぽいにおいも独特《どくとく》だったし、きたない言葉づかいや悪口をみんなにたくさん教えてくれたし、なわとびやおはじき、壁《かべ》にボールを当てる遊びなど、どれもずばぬけてじょうずだった。それに、男子も女子もたいてい留年《りゅうねん》していた。たとえば、プリスカたちといっしょに入学したアンニーナ・デムーロは、二回も留年《りゅうねん》したので、今年はまだ二年生だ。やっとアルファベットが書けるようになったばかりの小さな子たちのあいだで、アンニーナ一人がひょろりと背《せ》が高いので、やたらと目立っていた。

7　スフォルツァ先生、奇妙《きみょう》な行動に出る

新しくクラスにやってきた二人も、留年組《りゅうねんぐみ》だった。去年、たしか四年H組の教室の前でならんでいたのを見かけたことがある。二人がプリスカたちのクラスに入ることになったのは、D組が、四年生のなかでいちばん人数の少ないクラスだからにちがいない。じっさい、教室のうしろのほうに、空いている席《せき》がいくつかあった。

〈うさぎ〉の列から、中に入っておいでよと二人を勇気《ゆうき》づけ、あいさつをするような笑顔《えがお》がちらほらと見受けられた。それでも二人は教室に入ることができずにいた。入口で先生が立ちふさがり、けわしい顔つきで二人を見ながら、とがめるようにたずねたからだ。

「あなたたち二人は、ここでなにをしてるのです？」

「一階の事務室《じむしつ》で、四年D組に行くように言われました」

「そんなはずはありません。あなたたちの聞きまちがいでしょう」

背《せ》の高いほうの子が、おずおずと言いかえした。

「用務員《ようむいん》さんは、たしかにD組と言ってました」

それでもスフォルツァ先生は、これまでほかの生徒《せいと》と話していたのとは打《う》って変《か》わって、きびしい口調で言った。

「口答えはゆるしません！　きちんとした理由があるから、聞きまちがいだと言っているのです」

「でも……」

「でももへったくれもありません！　どう考えても、あなたの理解力《りかいりょく》が足りないの。そんなことだから留年《りゅうねん》するのです」

ほかの生徒《せいと》たちはみんな、このやりとりを、かたずをのんで見守っていた。プリスカは自分の席《せき》で、もぞもぞしはじめた。

先生は、用務員《ようむいん》さんを呼《よ》びに行かせた。すぐに教室にやってきた用務員《ようむいん》さんは、持っていた書類《しょるい》を確認《かくにん》してから、こう言った。

「まちがいではありません。この二人の女子生徒《せいと》は、たしかに四年D組に編入《へんにゅう》することになっています」

「そんなはずはありません！」先生はむっとした口調で、さっきとおなじ言葉をくりかえした。「職員室《しょくいんしつ》へ行って、きちんと確認《かくにん》してきてください。約束《やくそく》では……」

「先生、ちょっといいですか?」左の列のいちばん前にすわっていたマルチェッラ・オジオが、立ちあがって言った。ドアにいちばん近い席《せき》の子だ。「二人の名前が四年D組の出席簿《しゅっせきぼ》にのってるかどうか、たしかめてみるのがいちばん早いと思います」

二人の名前は、アデライデ・グッゾンと、イオランダ・レポヴィック。出席簿《しゅっせきぼ》には、たしかにどちらの名前もあった。先生は、出席簿《しゅっせきぼ》に二人の名前がならんでいるのを見つけると、そうとうなショックを受けたようだった。

「四年D組の生徒《せいと》なら、なぜ水色の水玉もようの入ったピンクのリボンを結《むす》んでいないのです?」あいかわらずきつい口調で、二人を責《せ》めつづけた。

「お店に行ったけど、売り切れてて……」アデライデがぼそぼそと答えた。

「前もって買いにいかないから、そういうことになるのです」先生は氷のように冷《つめ》たかった。

アデライデとイオランダは、首をすぼめた。

「本当にだらしないわね。きょうのところは家に帰るように。指定されたリボンを結《むす》んでくるまで、教室には入れません。出ていきなさい!」

二人はうなだれて、なにも言わずに階段《かいだん》のほうへもどっていった。

プリスカは、自分の席《せき》でウナギのように身をくねらせた。

「また心臓《しんぞう》がどきどきしてきた」エリザの手をとって、自分の胸《むね》に押《お》しあてた。「破裂《はれつ》するかも」

どくん、どくん、どくん。

「お願《ねが》いだから、おどかさないで」エリザは真剣《しんけん》に心配した。プリスカが、不公平《ふこうへい》な仕打ちを目《ま》の当《あ》たりにして、だまってはいられない性格《せいかく》だということは、いやというほどわかっていた。

あんのじょう、プリスカはとめる間《ま》もなく立ちあがり、教室の出入口のほうへずんずん歩きだした。

「プリスカ、どこへ行くのです？　トイレ休憩《きゅうけい》にはまだ早すぎます。教室から出るときには、かならず許可《きょか》を求《もと》めるように」

「トイレに行くんじゃありません。うちに帰るんです」頭に血がのぼっていたプリスカは、ほっぺたを赤くそめて言った。「あたしも、リボンが買えるまで学校はお休みします」

「いったいなにを考えているのです？　とまりなさい！　リボンのことは、お母さまに説明《せつめい》したとおりです」

先生の白くてぷっくらとした手は、しめっていてぶよぶよなのに、思いがけなく力があった。プリスカはその手で肩《かた》をむぎゅっとつかまれ、つくえのところまでひきずりもどされた。そのあとで先生は、マルチェッラにドアを閉《し》めるように命じた。

そして、まるでなにごともなかったかのように、「さあ、みなさん、授業《じゅぎょう》をはじめましょう」と、満面《まんめん》の笑《え》みで言ったのだ。

8 先生、エリザのいやがるテーマで作文を書かせる

「ではみなさん、ノートを出してください」出席《しゅっせき》をとりおえると、スフォルツァ先生は言った(アデライデとイオランダの名前は、「お休みです」と言われたくなかったので、わざと呼《よ》ばなかった)。

「きょうは最初《さいしょ》ですから、いっしょに作文を書きましょう。みなさんのことがよくわかりますしね」

「いっしょに作文を書きましょう」だなんて、先生も書くつもりなのかな。エリザはそんなことを考えて、思わずくすりと笑《わら》ってしまった。タカのようにするどい先生の目は、それを見のがさなかった。

「エリザ、なにがおかしいのです？　新学期の初日《しょにち》から、連絡帳《れんらくちょう》に注意を書かれたいのですか？」

エリザは顔を赤らめて、ノートに顔をふせた。プリスカがまゆをひそめた。

先生は黒板の前まで行き、「作文のテーマはこれです」と言いながら、チョークで堂々《どうどう》とした文字を書いた。

「わたしのお父さんの仕事」

エリザは、のどにかたまりのようなものがこみあげてくるのを感じて、ごくりと飲みこんだ。涙《なみだ》がいまにもあふれそうで、目がむずがゆい。ソーレ先生はいつも細かな気配りをしてくれて、こういったテーマは教室ではとりあげないようにしていた。だけどスフォルツァ先生だって、エリザにはお父さんもお母さんもいないことを知っているはずだ。その証拠《しょうこ》に、さっきみんなの前で、エリザは特別《とくべつ》だからと言って、おでこにキスをしたではないか。それなのに、こんなテーマを出して、エリザになにを書けと言うのだろう。エリザだけでなく、ルイゼッラにもお父さんがいない。だから、ルイゼッラもなにを書けばいいかわからないにちがいない。それにしても、先生はさっき、どうしてルイゼッラにはキスをしなかったのかな？　ルイゼッラのうちの場合、お父さんがいないだけで、お母さんはいるから……？

エリザは、まぶたの内側《うちがわ》で涙《なみだ》がふくらんできて、鼻がむずむずするのを感じた。でも、先生の見ている前で泣《な》きだすことだけはしたくなかった。そこで、鼻を思いっきりすすって、懸命《けんめい》に涙《なみだ》をひっこめた。

「エリザ！　風邪《かぜ》をひいているのなら、ハンカチを使いなさい！」先生は、そんなエリザを頭ごなしにどなりつけた。小さなため息だって、ぜったいに聞きのがさないのだ。

「なにをいじけてんのよ。お話をつくっちゃえばいいじゃない」プリスカがひじでつっついた。「たとえば、パパはイギリスの王様だとか、指名手配の殺人犯《さつじんはん》だとか、頭のおかしい発明家だとか、映画俳優《えいがはいゆう》だとか、思いつくことをなんだって書いちゃえばいいのよ」

エリザは首を横にふった。お話をつくるのは苦手《にがて》だったし、いきなり出されたテーマにあんまりショックを受けたものだから、集中して文章を書くなんてできそうになかった。

「だったら、なにか書くふりをしてて。あたしが代わりに作文を書いてあげる。レオポルドおじさんのことでもいいでしょ？」プリスカが小声で言った。

「プリスカ！　静《しず》かに！　なにをべちゃくちゃしゃべってるのです？　こんど口をひらいたら、べつの席《せき》に移動《いどう》してもらいますよ」先生ががみがみ言っている。

だけどプリスカは聞いていなかった。いつものことだが、なにかを書きはじめるとまわりのことなんか全部わすれて自分の世界に没頭《ぼっとう》してしまい、ものすごい勢《いきお》いで紙をうめていく。書いているうちにだんだん気分もよくなってきて、しまいには、うれしくて顔が自《し》然《ぜん》とほころぶのだった。

プリスカは、あっという間《ま》に書きあげた作文をエリザにわたして、写すように言った。

内容《ないよう》はこんな感じだ。

わたしのパパは、もういません。だから、パパのふたごのきょうだいの、レオポルドおじさんのことを書きます。レオポルドおじさんのお仕事は心《しん》ぞう医《い》です。心《しん》ぞう医《い》っていうのは、心《しん》ぞうの病気になった人たちをちりょうするお医者さんです。心《しん》ぞうに問題があったら、それをなおすのが仕事です。それなのにレオポルドおじさんは、心《しん》ぞうをなおすどころか、反対にはれつさせてしまいます。でも、わざとではありません。それに、だれでもいいからはれつさせるわけではなく、若《わか》くてきれいな女の人の心《しん》ぞうだけ、はれつさせます。つまり、みんなレオポルドおじさんを好《す》きになってしまうのです。心《しん》ぞうがものすごいいきおいでドキドキするから、きっとぐあいが悪いんだと言って、おじさんのしんりょう所《じょ》に行き、みてもらいます。それで、よけいに心《しん》ぞうがはれつしそうになり、本当に病気になってしまうのです。だって、おじさんはぜったいに女の人たちの気持ちにはこたえてくれないのですから。それでも、とても力的《りょくてき》な人なので、だれもおじさんをきらいになりません。

レオポルドおじさんは、ものすごくカッコいいです。ひとみは青くて、かみの毛はなくて、頭ぜんたいが日やけしてつやつやです。そのかわり、くり色のあごひげと口ひげを、顔がほとんどかくれるくらいにたっぷり生やしています。せは高くて、ボクサーみたいにたくましくて、力も強いです。この力は、だれかたおれている人がいて、だきかかえて病院まで運ばなければならないようなときに、うんと役に立ちます。

うちは、レオポルドおじさんと、おばあちゃんとわたし、そしておじさんのお兄さんと弟の五人家族です。みんななかよく幸せにくらしているのに、レオポルドおじさんのファンの女の人たちがつきまとうので、うるさくてたまりません。家にはラブレターや、花たばや、キスチョコがたくさんとどきます。つきあってくれないなら、うちのげんかんの前で自《じ》さつしてやると言っておどす人もいます。血が苦手《にがて》なおばあちゃんは、すごくこまっています。血をぞうきんでふかなければならないなんて、考えただけでもぞっとします。だからわたしは、おばあちゃんをなぐさめてあげます。

「だいじょうぶ。きっと、のどをかききるようなことはしないから。どく薬《やく》を飲むんだと思う。それなら、血は流れないでしょ?」

レオポルドおじさんのファンたちは、むかいがわの家から、ぼうえんきょうでおじさんのようすをのぞいたり、ふき矢《や》や伝書《でんしょ》バトを使って、愛《あい》のメッセージを送ったりします。「愛《あい》するレオポルドさま」とか、「親愛《しんあい》なるレオポルドさま」とか、「大好《だいす》きなあなた。あなたへの愛《あい》のために私《わたし》は生きています」とか。ほんとうに頭がおかしいんじゃないかと思います。

でもレオポルドおじさんは、そういう女の人たちをぜんぜん相手にしません。どうしてかというと、おじさんはわたしの親友のことが好《す》きだからです。かの女《じょ》は有名な作家ですが、まだ九さいなので、結《けっ》こんできません。おじさんは、かの女《じょ》が大きくなるまでまつと約《やく》そくしました。かの女《じょ》が十五さいになったら、結《けっ》こんすることになっています。わたしは、花よめさんのかいぞえ人として、ウエディングドレスのすそを持つでしょう。そして、めでたしめでたし、みんなで幸せにくらします。

これがわたしのおじさんのお仕事です。

四年D組　エリザ・マッフェイ

「プリスカったら、頭だいじょうぶ?」わたされた下書きを読んだエリザは、小声で言った。「こんなふざけた作文、出せるわけないでしょ」

「どうして？　すごくよく書けてるじゃない」プリスカは、プライドを傷《きず》つけられて、不満《ふまん》げだった。

「エリザ！　プリスカ！　なにをひそひそと話しているのですか？　静《しず》かになさい！」

先生のかみなりが落ちた。

作文の時間が終わると、エリザは、あちこち消しゴムで消したあとだらけのノートを、教壇《きょうだん》まで出しにいった。最終的《さいしゅうてき》に、ノートにはこう書いた。


わたしのお父さんは死にました。だから、なんの仕事もしていません。お母さんといっしょに、おはかでねむっています。マリウッチャおばあちゃんは、二人に会いに毎日おはかへ行きます。ときどき、わたしもつれて行ってくれます。

先生はみんなのノートを集めると、丸つけをするために家に持ち帰った。だからといって、新しい発見を期待しているわけではなかった。自分が担任《たんにん》する生徒《せいと》の家庭のことは、新学期がはじまる何週間か前から調べていたので、知りつくしていたからだ。父親のなかには、県知事に判事《はんじ》、公証人《こうしょうにん》、それに弁護士《べんごし》が二人に地主《じぬし》が二人、歯科医、外科医《げかい》、新聞記者、そして裕福《ゆうふく》な商店の経営者《けいえいしゃ》が二人いることがわかっていた。それこそが、このクラスに、私立《しりつ》の讃美《アドラツィオーネ》女子学園小学校にもひけをとらない「品格《ひんかく》」を与《あた》えているのだと先生は信《しん》じてうたがわなかった。

ところがD組のなかには、親が大工《だいく》さんや八百屋《やおや》さん、自動車修理工《じどうしゃしゅうりこう》、農家《のうか》、学校の用務員《ようむいん》、そしてパートの洋裁師《ようさいし》という生徒《せいと》もいた。スフォルツァ先生にしてみれば、なぜ校長先生がこのような混合《こんごう》をするのか、まったく理解《りかい》できないことだった。

とはいえ、四年D組の子たちはみんな礼儀正《れいぎただ》しいし、身なりもきちんとしていて、勉強好《ず》きで、頭もよかった。

そんな生徒《せいと》たちのなかでも、エリザ・マッフェイは特別《とくべつ》なケースで、母方の祖父母《そふぼ》は裕《ゆう》福《ふく》な貴族《きぞく》で、町の有力者だったし、エリザがいっしょに暮《く》らしている父方の家も、母方ほど裕福《ゆうふく》ではなかったけれど、三人のおじさんがそれぞれ、建築家《けんちくか》、心臓医《しんぞうい》、技師《ぎし》だった。

「なんてすばらしいクラスなんでしょう！」うちに帰る道々、スフォルツァ先生はそんなふうに思っていた。「ほぼ完《かん》ぺきなクラスと言えるわね」

9　プリスカとエリザがなかよしになった理由

　プリスカとエリザは、ずうっと友だちだった。生まれる前から友だちだったと言っても言いすぎではない。

「おまえたちの場合、典型的《てんけいてき》な親ゆずりの友情《ゆうじょう》だな」と、カジミーロおじさんは言っていた。

　それもそのはず、プリスカのお父さんは子どものころ、エリザのお父さんとレオポルドおじさん(この二人は双子《ふたご》だ)のクラスメートだったのだ。大人になってからも三人はとても仲《なか》がよかったから、エリザのお父さんが亡《な》くなったとき、プリスカのお父さんもレオポルドおじさんも、忘《わす》れ形見《がたみ》のエリザを自分の娘《むすめ》のように大切に育てると約束《やくそく》した。だからこそ、レオポルドおじさんは全身全霊《ぜんしんぜんれい》をかたむけて、あのサイコロ勝負に挑《いど》んだのだった。プリスカのお父さんだって、エリザを育てると約束《やくそく》したのだから、プリスカとエリザはたんなる友だちではなく、姉妹みたいなものなのだ。

ラッキーなことに、はじめて会ったときから──一人は生後わずか二週間、もう一人は三か月のときのことだ──二人はとても気が合い、相手のことがすぐに好《す》きになった。たとえ本当の姉妹だったとしても、こんなふうに気が合うとはかぎらない。

「もしプリスカが、いつだってケンカをふっかけてくるような、ものすごく意地悪《いじわる》な子だったら、ほんと悲惨《ひさん》だったよね。それとか、告《つ》げ口《ぐち》ばかりしてる、うそつきの〈猫《ねこ》かぶり〉だったら……」エリザはときどき、そんなことを言った。

「そうそう。ズヴェーヴァみたいに、いばってばかりのつんけんした子だったら……」

プリスカもまったくおなじ意見だった。「毎日、とっくみあいのケンカをしてたんじゃない？　いくら大人に強制《きょうせい》されても、ぜったいに友だちにはなれなかったと思う」

二人はほとんど毎日、放課後《ほうかご》もいっしょだった。エリザがプリスカのうちに来ることもあれば、プリスカがエリザのうちに行くこともある。

エリザのうちのほうが、だんぜんゆっくりできた。なぜかというと、プントーニ家は、いつだって騒《さわ》がしかったからだ。まず、ガブリエレ兄さんが友だちをしょっちゅう家に呼《よ》ぶ。しかも男子ばかりで、二つ年が上だからといって、やたらといばっていた。エリザとプリスカにちょっかいを出し、二人の遊びを台無《だいな》しにしては、からかうのだ。プリスカとガブリエレ兄さんは、二人だけのときにはけっこう仲《なか》がよかった。ふだんのガブリエレ兄さんは、妹にやさしく、世話《せわ》好《ず》きなのに、ひとたび友だちがやってくると、妹となかよくするのが照《て》れくさいのか、友だちといっしょになっていじめるのだった。

おまけに弟のフィリッポもいた。赤ちゃんというのはみんなかわいいものだし、フィリッポも例《れい》にもれずかわいかったけれど、まだやっとよちよち歩きができるようになったばかりで、どんな物にでも手を出さずにはいられなかった。手当たりしだい、プリスカの本や持ち物をやぶったり、こわしたり、割《わ》ったりする。そうでなければ、重い物を自分の足の上に落とすとか、いろいろな危険《きけん》に自分から頭をつっこんでいくのだ。

基本的《きほんてき》には、お手伝《てつだ》いさんのイネスがフィリッポのめんどうをみることになっていたけれど、エリザが遊びにきていると、たいていフィリッポはプリスカの部屋にほうりこまれた。

「ちょっとトイレに行ってくるから、五分だけみててちょうだい」

そして、イネスはそのますがたを消してしまい、五分のはずが、一時間たってももどってこないのだ。

「きっと、トイレにこもって、『グランドホテル』(女性《じょせい》むきの週刊《しゅうかん》フォトコミック誌《し》)の最新《さいしん》号《ごう》を読んでるんだよ」プリスカはそう言いはしたけれど、なにがあっても、お母さんにだけはぜったいに言いつけないつもりだった。

けれど、そうこうしているうちに、フィリッポは二人の遊びをことごとく台無《だいな》しにするだけでなく、オムツからおしっこがもれてきて靴《くつ》も靴下《くつした》もぐしょぬれになるし、いすやベッドに二十回はよじのぼり、それとおんなじ回数だけ転がり落ちてしまう。

とうとうプリスカとエリザの手に負えなくなり、フィリッポが泣《な》きわめきはじめたところで、イネスが大あわてでもどってくるというのが、いつものパターンだった。

「どうか、奥《おく》さまに聞かれませんように！」イネスはそう言いながら、たんこぶがひどくならないように、フィリッポのひたいに硬貨《こうか》を押《お》しあてた。けれど、そんなおまじないが毎回きくわけもなかった。

それにくらべて、エリザの家ならばだれにもじゃまされずに遊べるうえに、宿題もできた。エリザの部屋はすてきだったし、マッフェイ家の人たちは、部屋に入る前にかならずノックをして、「入ってもいい？」とたずねる。

エリザが「ちょっと待って」と答えると、「どうぞ！」と言う声が聞こえるまで部屋の外で待っている。これは、プリスカにとって大きなおどろきだった。

宿題が終わるとプリスカは、レオポルドおじさんの部屋に行こうとエリザをさそった（もちろん、おじさんのいないときだけだ）。教会に入るときのように、しのび足で部屋に入る。——ここに頭をのせて眠《ねむ》るのね——なんて考えながら、ベッドにおかれたまくらを指でそっとなでてみることもあった。レオポルドおじさんのベッドの頭のほうの壁《かべ》には、三人の男の人の肖像画《しょうぞうが》がかざられていて、プリスカは、その三人に焼《や》きもちをやいていた。三枚《まい》ならんだ肖像画《しょうぞうが》はどれも横顔で、頭には不格好《ぶかっこう》なずきんをかぶり、その上から月桂樹《げっけいじゅ》の冠《かんむり》をかぶっていた。

エリザは、小さいころからその肖像画《しょうぞうが》を見なれていて、何度もおじさんにどういう人たちか聞いていたので、プリスカに説明《せつめい》した。

「ダンテとペトラルカとボッカッチョという名前で、うんとむかしの人たちなの。三人とも作家だったんだって」

「あたしだって作家なのに、レオポルドおじさんったら、どうしてあたしの肖像画《しょうぞうが》は部屋にかざってくれないんだろう」プリスカは、三人がねたましくてたまらなかった。

10 プリスカ、本当にやりたいことを発見する

プリスカの心のなかで、レオポルドおじさんへの恋心《こいごころ》と、作家になろうという決意が芽《め》生《ば》えたのは、ほぼ同時だった。ことのいきさつはこうだ。毎年十二月の終わりごろになると、薬の宣伝《せんでん》をするために、いくつもの製薬会社《せいやくがいしゃ》がレオポルドおじさんのところに、クリスマスカードといっしょに次の年の手帳を送ってくるものだから、何冊《なんさつ》もたまっていた。どれも、つやつやした色合いの、革《かわ》か布《ぬの》のカバーのついた豪華《ごうか》な手帳で、表紙と背表紙《せびょうし》に金箔《きんぱく》の文字が押《お》されていた。

いうまでもなく、レオポルドおじさんは一年に一冊《さつ》しか手帳を使わないので、残《のこ》りは親せきや友だちに配っていたけれど、まさかそんなものが小学生の女の子の興味《きょうみ》をひくとは思っていなかった。じっさい、エリザは手帳に興味《きょうみ》を示《しめ》したことなんて一度もなかった。

ところがある日――たしか大みそかだった――お父さんに連《つ》れられて、プリスカがレオポルドおじさんの診察室《しんさつしつ》に、一年の終わりのあいさつをしに行ったことがあった。

プリスカはそのとき小学校の二年生で、ちょうどわくわくするような発見をしたばかりだった。「お母さん」とか「春」とかいったテーマについて、頭に浮《う》かんでくる「とりとめもない考え」を、あるていどの長さの文章にまとめて次から次へと書きとめ、だんだんとおなじテーマを発展《はってん》させていくと、物語ができることに気づいたのだ。それはものすごくかんたんなことだった。あんまりにもかんたんだったから、プリスカは思った。「考えてみれば、本なんてあっという間《ま》に書けるじゃない。あたしだって作家になれるに決まってる」

ただし、頭でそう考えていただけだった。というのもプリスカは、二年生のときに使っていた線の入ったノートしか持っていなかったからだ。表紙も黒いそのノートは、どう見ても「本」という感じではなかった。おまけに、そのころプリスカは、なにがなんでも闘《とう》牛士《ぎゅうし》になるんだと決めていた。もちろん、大人になったらの話だ。前にイネスと映画《えいが》を見にいったとき、闘牛士《とうぎゅうし》が出ていて、そのカッコいい服装《ふくそう》と、雄牛《おうし》の鼻先で赤い布《ぬの》をひらひらさせるエレガントな動きにしびれたのだ。スペイン語で闘牛士《とうぎゅうし》の服のことを光のスーツ《トラッヘ・デ・ルセス》といい、赤い布《ぬの》はムレタということも知っていた。

「まったくおまえは、どこまでアホなんだ!」プリスカの決心を聞いたガブリエレ兄さんは、あきれ顔で言った。「このあいだ動物愛護協会《どうぶつあいごきょうかい》の会員になったばっかりなのに、こんどは競技場《きょうぎじょう》で、殺《ころ》し屋《や》をするつもりなのか？」

「ちがうよ！　闘牛士《とうぎゅうし》になるんだよ！」

「なに言ってるんだ。闘牛士《とうぎゅうし》がどんなものかも知らないくせに。ぴかぴかした衣装《いしょう》を着て、牛を殺《ころ》すのが仕事なんだぞ」

——あたしは牛を殺《ころ》したりしないもん——と、プリスカは心の中で反論《はんろん》した。——あたしは、牛たちとお友だちになって、遊ばせたり、走らせたり、ジャンプさせたりするの。観客《かんきゃく》はみんな、そんなあたしに拍手喝采《はくしゅかっさい》して、花束《はなたば》を投げてくれるんだから——

「それにな、女は闘牛士《とうぎゅうし》にはなれないんだぞ」ガブリエレ兄さんが意地悪《いじわる》く言った。

——だったら、男になるからいいもん——プリスカは思った。このあいだエリザに見せてもらったレオポルドおじさんの医学の雑誌《ざっし》に、手術《しゅじゅつ》を受けて、すごくきれいな女の人になったスウェーデン人のトラック運転手の写真がのっていた。——男になれば、貿易船《ぼうえきせん》の乗組員になって、世界じゅうを旅することだってできるんだ——そんなふうにも考えた。

——でも、男になったら子どもを十七人産《う》めなくなっちゃう——

プリスカのうちでは、小さい子どもたちがいるせいで、しなくちゃならないことが山ほどあってたいへんだと、お母さんが毎日のようにこぼしていた（はっきり「あなたたちのせいだ」とは言わなかったけれど、ほかに「子どもたち」はいない）。それをいつも聞かされていたプリスカは、よし、それなら子どもを十七人産《う》んで、お母さんに対抗《たいこう》してやろうと決めていたのだ。男が八人、女が九人。名前だってちゃんと決めてあった。カレンダーに書かれている聖人《せいじん》の名前（カトリック教会では、それぞれの日付が、特定《とくてい》の聖人《せいじん》の記念日《きねんび》となっている）のなかから、なるべく変《か》わっているのを選《えら》んでみた。どの子もまちがいなくいい子で、十七人育ててもそんなにたいへんじゃないし、お金もかからない自信《じしん》があった。

――そうだ！　まず結婚《けっこん》して、子どもを十七人産《う》むでしょ。それから男になる手術《しゅじゅつ》を受けて、そして闘牛士《とうぎゅうし》になればいいんだ――

科学が進歩したおかげで、どちらもできると考えただけで、プリスカはなんだかうきうきしたのだった。

だけど、ここはいったん、大みそかの日のレオポルドおじさんの診察室《しんさつしつ》に話をもどすことにしよう。

診察室《しんさつしつ》のすみっこに積《つ》まれていた手帳の山（だいたい十冊《さつ》ぐらいはあったと思う）を見たプリスカは、電気ショックに打たれたような気がした。その、色とりどりのきれいな手帳

たちに、声をかけられた感じがしたのだ。まるで、オデュッセウスを海にひきずりこもうと歌うセイレーン〔ギリシア神話に登場する、半身が女性、半身が鳥の怪物《かいぶつ》〕の歌声のように。

「お願《ねが》い、わたしたちを文字でうめてちょうだい！」金《きん》箔《ぱく》の縁《ふち》どりのある白いページが、そうさけんでいた。「ペンを手に持って、言葉でいっぱいにしてほしいの」

プリスカは、催眠術《さいみんじゅつ》にかけられたみたいだった。この本たちは、あたしに書いてもらうのを待ってるんだ！　棚《たな》にならんでいる本のように、きれいに製本《せいほん》もされているというのに、中身はまだ空っぽで、ページは真っ白だ。言葉と絵とでいっぱいにうめられるのを、いまかいまかと待ちわびている。

その瞬間《しゅんかん》プリスカは、闘牛士《とうぎゅうし》になるのも、貿易船《ぼうえきせん》の乗組員になるのもやめて、作家になろうと決心した。作家なら、十七人の子どものお母さんになることもあきらめないですむ。レオポルドおじさんは、物欲《ものほ》しそうな目つきで手帳をながめているプリスカに気づいた。

「手帳が好《す》きなの？　持って帰っていいよ。どうせぼくは使わないから」

そうやさしく声をかけられたプリスカは、その瞬間《しゅんかん》、なんとレオポルドおじさんに恋《こい》をしてしまったのだ。

七歳《さい》半で恋《こい》をするのは、そんなにかんたんなことではない。でもプリスカは、恋《こい》をしたときにはどうすればいいのか、よく知っていた。映画《えいが》でそういうシーンを何度も見たことがあったし、イネスが愛読《あいどく》しているフォトコミック誌《し》も読んでいたからだ。

もちろん、プリスカはその気持ちをだれにも話さなかった。とりわけレオポルドおじさんには、ひたかくしにしていた。でも、エリザだけにはうちあけた。

「だれかに話したらゆるさないからね！」プリスカはそう念《ねん》を押《お》した。「秘《ひ》められた恋《こい》なんだから」

エリザは、言われたとおりだれにも話さなかったけれど、一か月もするとそれは、プントーニ家では公然の秘密《ひみつ》になっていた。プリスカが自分の部屋一面にレオポルドおじさんの写真をかざったせいで、ばれてしまったのだ。それだけではあきたらず、日記帳や学校のノートにまで写真を貼《は》っていた。

春、道ばたの木の根もとに生えている草のあいだに小さな白いマーガレットの花を見つけると、プリスカはそれをつんで、おじさんの車のフロントガラスにこっそりかざっておく。風で飛《と》ばされないように、ワイパーにはさむのだ。大好《だいす》きな人の気持ちを自分にむけるために、なにかすごいことをしたいと、たえず考えていた。

ある朝プリスカは、目を覚《さ》ますなりベッドにすわりこみ、さけんだ。

「お母さん！　お母さん！　心臓《しんぞう》が苦しいの。もしかしてあたし、死ぬのかもしれない」

「バカなこと言わないでちょうだい。とってもいい顔色をしてるわよ」と、お母さんは言った。「白くてきれいなお肌《はだ》に、リンゴのように赤いほっぺた。心臓《しんぞう》に問題がある人は、顔が青ざめていて、くちびるはむらさき色になるものよ」

「でも、胸《むね》の奥《おく》がすごく痛《いた》いの。いたたた！　ああ、痛《いた》い！」プリスカが金切《かなき》り声《ごえ》をあげた。

けっきょくプリスカは、パジャマのまま毛布《もうふ》にくるまれて車に押《お》しこまれ、レオポルドおじさんの診療所《しんりょうじょ》へと連《つ》れていかれた。

「やあ、プリスカ。どうしたんだい？」レオポルドおじさんがたずねた。

「レオポルドおじさん、あたしの心臓《しんぞう》の音を聞いて。ものすごい勢《いきお》いで、どくんどくん鳴ってるの」

たしかに、すごい勢《いきお》いでどくんどくん鳴っていたけれど、べつに病気ではなかった。プリスカは、パジャマすがたで診察台《しんさつだい》にすわり、レオポルドおじさんの耳が自分の背中《せなか》にあてられていることに、感激《かんげき》していたのだ。

「だいじょうぶ。なんでもないさ。軽い神経性《しんけいせい》の不整脈《ふせいみゃく》だろう」しばらく聴診器《ちょうしんき》で心臓《しんぞう》の音を聞いてから、レオポルドおじさんが言った。

「まったくあなたって子は、すぐに大騒《おおさわ》ぎするんだから！　おどろかさないでちょうだいよ！」お母さんがあきれはてた顔で言った。

11 「ロザルバのこと」(プリスカの作文)

それからというもの、レオポルドおじさんは毎年、たのまれたわけでもないのに、使わない手帳をみんなに配ってしまわずに、プリスカのためにとっておいてくれるようになった。

こうして若《わか》き作家プリスカは、何枚《なんまい》もの白いページを、お話や絵でうめることができた。たいていは絵も自分で描《か》いていたけれど、複雑《ふくざつ》なもののときは、ロザルバに手伝《てつだ》ってもらうこともあった。ロザルバは、ひとの絵を写したり、モデルを見たりしなくても、なんでもじょうずに描《か》いてしまうのだ。

前の担任《たんにん》のソーレ先生は、プリスカがお話を書いているなんてぜんぜん知らなかった。でも、プリスカの作文の力を高く評価《ひょうか》していて、国語にはいつもいちばんいい成績《せいせき》をつけてくれた。とくに、三年生の最後《さいご》に書いた作文をすごくほめてくれて、なんと10点満点《まんてん》にほめ言葉までつけてくれた。

「学校新聞にのせたいぐらいよく書けているけれど、これでは教室でみんなに読んであげることもできないわね」先生はプリスカをすみに呼《よ》んで、そう言った。「本当のことなのか、空想の世界のことなのかはわからないけれど、とても個人的《こじんてき》なエピソードが書かれているから、あなたのお友だちをこまらせてはいけないものね」

ちょっとした小説《しょうせつ》ぐらいの長さがあるその作文には、ロザルバの家族のことが書かれていた。本当のところ、『わたしの家族』という題を与《あた》えられたのだが、プリスカは、自分のお父さんやお母さん、ガブリエレ兄さんや弟のフィリッポ、そしてカメのディノザウラのことばかり書くのにうんざりしていた。これまでにもくりかえし作文に登場してもらっていたから、もうネタがなくなってしまったのだ。

そこで、カルダーノ家の話を書くことにした。ロザルバとは幼稚園《ようちえん》のころからの友だちだから、家族のことも何年も前からよく知っていた。作文はこんな内容《ないよう》だった。

ロザルバのお父さんのカルダーノさんは、洋品店をけいえいしています。百年以上《いじょう》も前から家族でいとなんできたお店で、入口のかん板《ばん》には、

《カルダーノ洋品店　からだにぴったりのエレガンスを》

と書いてあります。

カルダーノさんは、毎日、お店のカウンターにいます。お店では大ぜいの店員さんと、レジ係の女の人、そしてピラスさんという名前の、そうこ係の男の人が働《はたら》いています。ロザルバのお母さんは絵かきさんです。リビングのまどのそばにおいた画板の前にすわって、いつも油絵《あぶらえ》をかいています。お料理《りょうり》はぜんぜんしません。

お昼ごはんと夜ごはんの時間になると、ロザルバのお父さんがお店を出て、おそうざい屋さんに行き、お母さんが電話で前もって注文した、調理ずみのお料理《りょうり》をとりにいきます。ロザルバのお母さんのカルダーノ夫人《ふじん》は、そうじもしません。自宅《じたく》にはお手伝《てつだ》いさんがいないので、日曜日になると、ピラスさんが自宅《じたく》に行ってそうじをします。いつもお店のそうじをしているピラスさんは、そうじにはなれています。日曜日だけでなく、平日も、カルダーノ夫人《ふじん》はお店にいるピラスさんをよんで、お使いだとか、子どもたちの送りむかえをたのんでいます。

「ピラスさんがいなかったら、あたしたち、とってもこまるの」と、ロザルバはいつも言っています。

ロザルバにはおにいちゃんが二人います。レオナルドと、ミケランジェロという名前です。聖人《せいじん》よりも画家をそんけいしているカルダーノ夫人《ふじん》が、むかしの有名画家にちなんでつけたものです。ロザルバというのも、ヴェネツィアの画家の名前です。パステルを使って、おしろいをぬったきふじんやきし、ドーナツを持った子どものしょうぞう画をかいた画家です。

カルダーノさんは車を持っていません。ロザルバは、学校にちこくしそうなときは、いつでもタクシーに乗っていいと言われています。べつにロザルバがお金を持っているひつようはありません。タクシーの運転手さんは、みんなロザルバのことを知っていて、あとでカルダーノさんのお店で、料金《りょうきん》を受けとることになっています。

それに、ロザルバと二人のおにいちゃんたちは、サンティーニ食料品店《しょくりょうひんてん》とマンナかし店に行けば、なんでも「つけ」で食べられます。「つけ」というのは、お店に入って、お金をはらわないで朝ごはんやおやつを食べることです。だけど、お金をぜんぜんはらわないわけではありません。「つけておいて」と言うのです。そして、月の終わりになると、いつもお父さんがはらいに行き、「おまえたちはどんだけ食べるんだ！　これじゃ、いくらお金があっても足りないじゃないか！　うちは、はさんしてしまうぞ」と言います。でも、もし朝ごはんとおやつのじゅんびまで、ピラスさんにたのむようなことになったら、ピラスさんはうんざりして、仕事をやめてしまうだろうとロザルバは言っています。

エリザのおばあちゃんのところで洋さいの仕事をしているシルヴァーナ・ボイという人の話では、一日じゅう絵ふでをにぎっているカルダーノ夫人《ふじん》は、母親としてはしっかくで、カルダーノさんが本当の男だったら、ぼうでなぐってでも、子どもの世話や家事をさせるだろうと言っています。なぐらないのは、すごく美人のおくさんに、カルダーノさんがめろめろで、おくさんのどれいだからだとも話していました。この町では、だれもがそんなふうにうわさしています。

わたしには、カルダーノ夫人《ふじん》がそんなに美人だとは思えません。あと、新しいコートを買いにお店に行ったときに、ロザルバのお父さんをじっくり観《かん》さつしてみたけれど、どれいみたいに、くさりにつながれているようには見えませんでした。

シルヴァーナ・ボイさんは、よく、「あの人のくさりは、花でできている」という歌をうたっています。それを聞いてわたしは思いました。もしかするとカルダーノ夫《ふ》人《じん》は、だれも見ていないときに絵ふでをおき、絵をかくためにかざっている、あまいかおりのするバラの、もう花がひらいてしまったえだを使って、だんなさんをサラミのようにしばっているのかもしれません。カルダーノさんは、トゲがささって、いたくていたくてたまりません。でも、奥《おく》さんを愛《あい》しているので、もんくは言いません。それをロザルバに話すと、そんなことを考えるなんて、あなたはバカだと言われます。ロザルバのお父さんとお母さんは、そんなことはしないそうです。

もうひとつ、すごく大切なことをわすれていました。毎年、クリスマスの二週間前になると、《カルダーノ洋品店　からだにぴったりのエレガンスを》では、売り物の洋服がぜんぶかたづけられ、おもちゃ屋さんに変身《へんしん》します。この町には、ほかにおもちゃ屋さんがないからです。ふだんのかん板の上から、色とりどりで金がちりばめられた、はり子でできたべつのかん板《ばん》をぶらさげます。そこには、

《ようこそ、子どもたちのパラダイスへ》

と書かれています。

そしてお店は本当にパラダイスになるのです。わたしたちは、ショーウィンドウに鼻の先をおしつけて、何時間でもずっとのぞいています。それから家まで走って帰り、おさなごイエスさまにお願《ねが》いするプレゼントのリストをつくります（わたしたちはもう大きいので、イエスさまがプレゼントを持ってきてくれるわけではないとわかって

いますが、それでもやっぱりそうします)。

ロザルバのいちばんステキなところは、そんなふうにめぐまれたかんきょうにあるのに、それをぜんぜん自まんしないことです。クラスメートのなかには、その反対に、たいしたことじゃないのに自まんばかりする子もいます。でも、悪口は言いたくないので、ここには名前を書きません。

とにかく、わたしはカルダーノ家の人たちがみんな大好《だいす》きで、わたしの家族だったらいいのになと思うこともあります。家族がむりだったら、親せきでもいいです。

三年D組
プリスカ・プントーニ

プリスカのお母さんはこの作文を読んで、最初《さいしょ》、涙《なみだ》が出るほどけらけら笑《わら》った。

「あなたによその家の話をさせると、本当に遠慮《えんりょ》もなにもないんだから」

それから、いきなりふきげんな顔になった。

「わたしの家族だったらいいな、ですって？　つまり、うちはおもしろくないっていうのね？　なんて親不孝《おやふこう》な子なのかしら」

――お母さんったら、物語を書くときには、創作者《そうさくしゃ》の特権《とっけん》として、多少の脚色《きゃくしょく》がゆるされることぐらい、どうしてわからないんだろう――と、プリスカは思うのだった。

10 月
OTTOBRE

1　先生、しだいに本性《ほんしょう》をあらわす

新学期がはじまってから十日ぐらいたっても、まだ、ゴリーツィア通りの手芸用品店には、水色の水玉もようの入ったピンクのリボンは入荷《にゅうか》していなかった。

プリスカも、フラヴィアも、マリーナも、フェルナンダも、えりもとにリボンを結《むす》ばないままで学校に通っていたけれど、とくになんの不都合《ふつごう》もなかった。ところが、アデライデとイオランダは、先生に言われたことを文字どおり受けとったらしく、新学期の最初《さいしょ》の日以来《いらい》、学校には一度も来ていなかった。

「きっと、先生の剣幕《けんまく》に死ぬほどおびえちゃって、もう学校に来ないのかもしれないわね」エリザはそんなふうに考えた。じつは、ちょっぴりうらやましくもあったのだ。

スフォルツァ先生は、教室ではみんなと笑顔《えがお》で接《せっ》していたし、あれ以来《いらい》、そこまできびしくて一方的《いっぽうてき》な怒《おこ》り方《かた》はしなかったけれど、四年D組の子たちはみんな、早くも、おっとりしていてやさしかった、三年生のときの担任《たんにん》のソーレ先生が恋《こい》しくてたまらなくなった。

「とってもきびしいのよ！　きびしすぎる！」エリザは、マリウッチャおばあちゃんに泣《な》きついた。「みんな、息をひそめてるんだから。身動きひとつできないのよ。しびれた足を伸《の》ばすことも、鼻の頭がすごくかゆくなっても、かくことだってできないんだから」

マリウッチャおばあちゃんはため息をついた。

「かわいそうな子たち！」

「手もなの！　手まで、先生の言ったとおりの位置《いち》におかないと、しかられるんだから！」プリスカもぷんぷんだった。

両手は、「第一の形」、つまり両方の手をひらいて、指をきれいにそろえて伸《の》ばしてつくえの上にのせるか、そうじゃなければ「第二の形」、つまり腰《こし》のうしろで組むようにと言われていた。

「背中《せなか》をぴんと伸《の》ばしなさい！　まっすぐ！　頭の上に辞書《じしょ》をのせているつもりで、それを落とさないようにするのです」

それだけじゃなかった。スフォルツァ先生は、エリザの鉛筆《えんぴつ》の持ち方まで細かく注意したし、左利《ひだりき》きのロザルバに対しては、なんと、左手をいすの背《せ》もたれにしばりつけて、使えないようにしてしまった。

「ご両親も、前の担任《たんにん》の先生も、どうしていままで矯正《きょうせい》しなかったのか、わたしには理《り》解《かい》できません。右手が使えるようにならないと、社会に出てからあなたがこまるのです」

「でも、レオナルド・ダ・ヴィンチだって……」ロザルバは抗議《こうぎ》しようとした。

「なに生意気なことを言ってるのです！　レオナルド・ダ・ヴィンチとくらべるだなんて……。図画の評点《ひょうてん》と生活態度《せいかつたいど》、どちらも3にしますよ。そうすれば、口答えしないで先生の言うことを聞くようになるでしょう」

プリスカも、生まれてはじめて3の評点《ひょうてん》がつけられた。しかも、得意《とくい》な国語だったので、プライドがずたずたになった。

それは、新学期がはじまって二日目のことだった。朝の出席確認《しゅっせきかくにん》とお祈《いの》りが終わると、先生はプリスカに教壇《きょうだん》のところまで来るようにと言った。そして、例《れい》の「わたしのお父さんの仕事」というテーマの作文が書かれたノートを返してくれた。プリスカは、こんなふうに書いていた。

わたしは、お父さんの仕事がなにかよく知りません。何回も聞いたのですが、子どもは大人のすることに首をつっこむもんじゃないと言われます。もし、けいさつがうちに、家《か》たくそうさくに来て、じん問《もん》されたとしても、なにも知らなければ、よけいなことをしゃべるきけんがないからです。

わたしのお父さんは、たいてい夜中に仕事に行きます。一度、お父さんが出かけるようすをこっそりのぞいてみました。そしたら、黒いかめんを顔にかぶり、からっぽのふくろをかたにかつぎ、手にはニセのかぎたばと、ピックを持っていました。あと、手ぶくろもしていました。

べつの日には、仕事から帰ってきたお父さんがねるのを待って、ふくろの中になにが入っているのか調べてみたこともあります。たくさんの宝石《ほうせき》と、おさつのたば、銀のろうそく台などがありました。しかも、いちばんおくには、切り落とされた手まで入っていて、まだ血がぽたぽたとたれていました。その一本いっぽんの指に、ごうかな指輪《ゆびわ》がはまっていました。親指にもです。

それから二日後、お父さんは家族全員を、アメリカ旅行につれて行ってくれました。すごく楽しかったです。わたしはお父さんの仕事がなにか知りたいと思っています。もしわかったら、大きくなったとき、わたしもおなじ仕事をするつもりです。

四年D組　プリスカ・プントーニ

「なぜ、こんなふざけた作文を書いたのです?」先生は、きつい口調でとがめた。

プリスカは、怒《おこ》られるなんて思いもよらないことだったので、なんと返事をしていいかわからなかった。自分としては上出来《じょうでき》の作文だと思っていたのだ。うまく書けているし、ユニークだし、つづりだって正確《せいかく》だった。

「あなたのお父さまは、弁護士《べんごし》のプントーニさんですよね?」先生は、たたみかけるように言った。

「はい、そうです」

「だったらどうして、お父さんは弁護士《べんごし》ですと書かずに、こんなくだらないことを書いたのですか?」

「空想をはたらかせて作文を書きました」

「あなたの空想力が豊《ゆた》かなのはわかりました。でも、今回の場合、現実的《げんじつてき》なテーマを与《あた》えられたのですから、作文には本当のことを書かなくてはなりません」

「家族のプライバシーを外でべらべらしゃべってはいけないと、お父さんに言われています」

先生はため息をついた。

「あなたのご両親は、あなたの読んでいる本をチェックしていないようですね。おそらく、あなたがアメリカやイギリスの探偵小説《たんていしょうせつ》ばかり読んでいても、なんの注意もしないのでしょう……」

「どちらかというと、お母さんのほうが、モンダドーリ出版《しゅっぱん》のミステリシリーズに夢中《むちゅう》です」

「あなたのお母さんは大人でしょ？　子どもは、大人の本を読んではいけません」

「だいじょうぶです。お母さんのミステリは読みません。わたしとガブリエレ兄さんは、いつも『魔術師《まじゅつし》マンドレイク』（アメリカの冒険《ぼうけん》マンガ）や、『ファントマ』（フランスのシリーズものの冒険小説《ぼうけんしょうせつ》）を読んでいます」

スフォルツァ先生は、ますます深いため息をついた。

「残念《ざんねん》ですが、きょうからはべつの本を読むようになさい。それと言っておきますが、教室ですべきことを決めるのは、先生です。なにかを想像《そうぞう》しながら空想物語を書きなさいと言われたら、そのテーマから外《はず》れないかぎり、好《す》きなことを想像《そうぞう》して書いて結構《けっこう》です。ですが、現実《げんじつ》の世界のことを観察《かんさつ》して書きなさいと言われたら、口答えしないでそのとおり書くこと。いいですね。きょうのことをわすれないように、作文の点を3にしておきます」

国語で3なんて！　しかも、四年生になって最初《さいしょ》についた点数だ。

プリスカは、抗議《こうぎ》したかったけれど、言葉も出てこなかった。かろうじて自分のつくえにもどったものの、心臓《しんぞう》があまりにはげしく鳴っていたので、耳鳴りはするし、息もつけなかった。そんなプリスカを見て、〈ごきげんとり〉たちは、口もとを手でおさえながらくすくす笑《わら》っていた。

ところが次の瞬間《しゅんかん》、先生がものすごくけわしい口調で「静《しず》かに！」とどなったので、みんな、自分の席《せき》で身じろぎもできなくなってしまった。

最初《さいしょ》の何日か、スフォルツァ先生は生徒《せいと》たちを質問《しつもん》ぜめにした。

「四年生のカリキュラムをはじめる前に、みなさんの理解度《りかいど》を知りたいのです」

前の担任《たんにん》だったソーレ先生の授業内容《じゅぎょうないよう》に対する不信感《ふしんかん》をかくそうともせず、生徒《せいと》たちにわざとむずかしい質問《しつもん》をして、あら探《さが》しをしようとしていたのだ。ところが、D組の子たちはみんな、たいていの質問《しつもん》に正しく答えられた。というのもソーレ先生は、まるで小鳥のひなを育てるように愛情《あいじょう》たっぷりに子どもたちと接《せっ》しながらも、すべてのカリキュラムを完《かん》ぺきにこなしていたからだ。D組が学年でいちばん優秀《ゆうしゅう》な女子クラスだという評判《ひょうばん》には、それなりの理由があった。

とりわけ〈うさぎ〉と〈わんぱく〉の列の子たちが、どんな質問《しつもん》にもきちんと答えられたのだけれど、いい点をとるのは、いつだって〈猫《ねこ》かぶり〉と〈ごきげんとり〉の列の子たちだった。愛想笑《あいそわら》いを浮《う》かべたり、こびを売ったり、おじぎをしたり、なんでもかんでも「はい」と言ったりして、さっそく先生にとりいっていたのだ。スフォルツァ先生になってからも、いばった態度《たいど》を改《あらた》めなかったズヴェーヴァまで、たいして頭がよくないにもかかわらず、「次回はがんばりましょう」という名目で、7や8の評点《ひょうてん》ばかりもらっていた。

プリスカはというと、最初《さいしょ》の作文でこそ注意を受けたものの、スフォルツァ先生は、プリスカが頭のいい生徒《せいと》で、三年生の授業内容《じゅぎょうないよう》を全部きちんと理解《りかい》しているだけでなく、それ以外《いがい》の知識《ちしき》も豊《ゆた》かなことを認《みと》めないわけにはいかなかった。それでも、なにかしらケチをつけたかったので、機会《きかい》を見つけては、「あなたは本の読みすぎです！」と文句《もんく》を言っていた。

「悪いことじゃないと思います」あるとき、見かねたロザルバが抗議《こうぎ》した。

「指《さ》されてもいないのに、勝手な発言はゆるしません！」先生は、ばっさり切りすてると、ロザルバの授業態度《じゅぎょうたいど》のところに、「マイナス」をひとつつけた（「マイナス」が四つたまると、評点《ひょうてん》の平均《へいきん》が1さがる仕組みになっていた）。それから、プリスカのほうにむきなおると、続《つづ》けた。「年齢《ねんれい》にふさわしくない本ばかり読んでいるから、頭のなかにおかしな考えが浮《う》かんでくるのです。もっと学校の勉強に集中しなさい」

ある日、授業中《じゅぎょうちゅう》に先生が、プリスカという名前の起源《きげん》について説明《せつめい》しはじめた（プリスカには、自分にいやがらせをするために、先生がわざとその話題をとりあげたのだという確信《かくしん》があった）。

「もとはラテン語の単語《たんご》で、『古風な』とか『時代おくれの』といった意味の形容詞《けいようし》、プリスクスの女性形《じょせいけい》です。愛称《あいしょう》は、こちらもラテン語ですが、『プリシッラ』となります。むしろ、このプリシッラという形のほうが、かわいらしくて、女の子にぴったりなのに、どうしてあなたのご両親は、プリスカという名前を選《えら》んだのかしらね」

プリスカは、そんなふうに言われて、むちゃくちゃ頭にきた。プリシッラという名前が大きらいだったからだ。アメリカの映画《えいが》に出てくるような、頭が悪そうで、ちゃらちゃらしてて、落ち着きがなくて、レースやリボンばっかりつけてて、わがままな女の子というイメージがあった。そして、自分が「プリシッラ」と呼《よ》ばれているところを想像《そうぞう》しただけで、鳥肌《とりはだ》がたつのだった。

その日からというもの、〈ごきげんとり〉のグループの女子たちは、プリスカを怒《おこ》らせたいときには、「プリシッラ！　プリシッラ！」と、はやしたてるようになった。

2　先生、「軍事教練《ぐんじきょうれん》」をはじめる

でも、スフォルツァ先生が新しくはじめたことのなかで、〈わんぱく〉と〈うさぎ〉の子たちがどうしてもがまんできなかったことはべつにあった。その話をエリザから聞いたとき、カジミーロおじさんは、そんなのは「軍事教練《ぐんじきょうれん》」だと、軍隊《ぐんたい》の言葉を持ちだして批判《ひはん》した。

新学期の最初《さいしょ》の日、スフォルツァ先生は、みんなの作文を集めて自分のかばんにしまうと、いかめしい顔つきで教室をぐるりと見わたしてから、こう言った。

「一時間後には、授業《じゅぎょう》の終わりのチャイムが鳴ります。みなさんに言っておきますが、教室内だけでなく、廊下《ろうか》や階段《かいだん》や昇降口《しょうこうぐち》でも、きちんと整列して行動するように。校門の外に出るまで、みなさんはわたしの責任下《せきにんか》にあるのですから、ほかのクラスの前でわたしに恥《はじ》をかかせるようなことは、ぜったいにしないでください」

それから全員を壁《かべ》の前に立たせて、ものすごく厳密《げんみつ》な背《せ》の順《じゅん》にならばせたのだ。

「『てきとう』という言葉はわたしの辞書《じしょ》には存在《そんざい》しません。みなさんもよく覚《おぼ》えておくように」

二列の左右で背《せ》の高さがきれいにそろうように、仲《なか》のいい友だちどうしでも、情《なさ》け容赦《ようしゃ》なく離《はな》ればなれにされた。そんななかでも、プリスカとエリザは、さいわい背《せ》の高さがおなじくらいだったので、二人が前後に来る位置《いち》にならぶことができ、なにかあったらおたがいにつっつきあい、こそこそ話ができた。

「では、このまま廊下《ろうか》に出て、列をみださないで行進する練習をします。ぜったいに口をきかず、物音ひとつ立てないこと。いいですね？」

授業《じゅぎょう》の終わりのチャイムが鳴ると、ほかのクラスの生徒《せいと》たちは、みんないっせいに教室から飛《と》びだしてきて、思い思いに楽しげな列をつくり、廊下《ろうか》を進み、階段《かいだん》へとむかっていく。階段《かいだん》のいちばん下の段《だん》まで来ると、その列もばらばらになり、騒《さわ》がしいかたまりとなって昇降口《しょうこうぐち》へ突進《とっしん》するのだ。

いっぽうの四年D組は、一糸《いっし》乱《みだ》れぬ整列をするのにずいぶん時間がかかるため、いつもいちばん最後《さいご》になった。生徒《せいと》たちは、いっせいに席《せき》を立つのではなく、先生が手をたたく音に合わせて、二人一組となって、一組ずつ順《じゅん》に教室を出ていく(先生はわすれないように、背《せ》の順《じゅん》にならべた名前を出席簿《しゅっせきぼ》にきちんと書きとめていた)。それから背《せ》すじをぴんと伸《の》ばして姿勢《しせい》を正し、足なみをそろえて、まわりをきょろきょろ見ることもなく、完全《かんぜん》な静寂《せいじゃく》をたもったまま廊下《ろうか》を行進し、階段《かいだん》をおりていく。

いちばん下の段《だん》まで来ても、ほかのクラスのように列をくずすことはなく、完《かん》ぺきに整列した状態《じょうたい》で人混《ひとご》みのあいだをぬって進んでいき、先生の「とまれ」の合図とともに昇降口《しょうこうぐち》の中央で立ちどまった。そうなると、必然的《ひつぜんてき》に、みんなの視線《しせん》が四年D組の列にそそがれる。ほかのクラスや学年の生徒《せいと》たちも、低学年《ていがくねん》の子どもをむかえに来た保護者《ほごしゃ》たちも、えりもとにちがう色のリボンを結《むす》んだ生徒《せいと》たちの独特《どくとく》な行進を、ものめずらしそうに、じろじろとながめるのだった。

毎回、いくつもの視線《しせん》が自分たちに刺《さ》さるのを感じて、プリスカは恥《は》ずかしさのあまり死んでしまいたくなった。床《ゆか》にぱっくりと裂《さ》け目《め》ができて、あたしを飲みこんでくれれば、こんな恥《はじ》さらしなことをしなくてすむのに、と心の内で願《ねが》っていた。とりわけその日、むかえに来た保護者《ほごしゃ》たちのあいだにレオポルドおじさんのすがたを見かけたプリスカは、心臓《しんぞう》がものすごい勢《いきお》いでどくんどくんと音をたてはじめ、息がとまって歌もうたえなくなってしまった。というのも、先生は、その位置《いち》で生徒《せいと》たちを整列させたまま、ほこらしげに三歩さがると、大声で号令《ごうれい》をかけたからだ。

「右むけ右！」

生徒《せいと》たちは完全《かんぜん》なる静寂《せいじゃく》をたもったまま、九十度回転する。すると先生は、人差《ひとさ》し指《ゆび》をぴんと立てた右手を高くかかげ、頭をふって合図する。

合図と同時に、生徒《せいと》たちは息を深く吸《す》いこみ、うたわなければならなかった。

きょうも一日、いっしょうけんめい学びました。
あすもまた、学びの一日がおとずれます。
たくさんの知識《ちしき》とやさしさを、
お与《あた》えくださったスフォルツァ先生、
どうもありがとうございました。

これは、スフォルツァ先生が讃美《アドラツィオーネ》女子学園小学校で教えていたときに、自分で作詞《さくし》作曲《さっきょく》した歌で、四年D組の生徒《せいと》は全員、歌詞《かし》をノートに書きうつして暗記させられていた。

「礼！」歌声が消えるタイミングで先生が号令《ごうれい》をかける。すると、二十八個《こ》の頭が、無《む》言《ごん》でお辞儀《じぎ》をし、二十八本のリボン(正確《せいかく》にいうと、最初《さいしょ》のうちは二十四本だった)が、二十八個《こ》のあごの下にかくれる。

〈ごきげんとり〉グループの子のお母さんたちは、称賛《しょうさん》と感動のまなざしでその光景《こうけい》に見とれていた。自分たちの娘《むすめ》のクラスが、ほかのどのクラスよりも目立っていることはまちがいなかった。

「左むけ左！　進め！」ふたたび先生の号令《ごうれい》がひびきわたる。すると行列は校門にむかって歩きだし、門をくぐって外に出たところで、ようやくばらばらになり、ほかの生徒《せいと》たちの群《む》れに飲みこまれるのだった。

3　先生、背《せ》の順《じゅん》と品格《ひんかく》のどちらをとるか決めかねる

新学期がはじまってから十二日がすぎた日のこと、ゴリーツィア通りの手芸用品店から、水色の水玉もようの入ったピンクのリボンがようやく入荷《にゅうか》したという知らせがあった。おかげでその次の日には、四年D組の生徒《せいと》たちみんなが、一人も欠《か》けることなく、指定されたリボンをえりもとに結《むす》んで、教室に顔をそろえた。

ところが、ようやく全員の服装《ふくそう》が統一《とういつ》され、調和のとれたクラスになったことに対する先生の喜《よろこ》びは、アデライデとイオランダが教室にもどってきたことで、帳消しになってしまった。路地裏《ろじうら》に住む二人の子どもが目の前にいることに、おどろきをかくせないようすの先生を見て、プリスカはエリザにささやいた。

「先生、二人はもうもどってこないと思ってたのね。クラスから完全《かんぜん》に排除《はいじょ》したつもりでいたのよ」

とはいえ、こんどばかりは教室に入れないわけにはいかなかった。用務員《ようむいん》さんにつきそわれて教室にやってきたアデライデとイオランダは、指定されたピンクのリボンをきちんと結《むす》んでいたし、事務室《じむしつ》で判《はん》を押《お》された保護者《ほごしゃ》の欠席届《けっせきとど》けも持っていた。それだけでなく、二人の生徒《せいと》を四年Ｄ組のクラスで受けいれるようにという、校長先生からの依頼書《いらいしょ》まであった。

それでも、用務員《ようむいん》さんが教室から出ていったとたん、問題が次々に発生した。

まず、二人をどこにすわらせればいいのだろうか。

アデライデもイオランダも留年《りゅうねん》していたので、みんなより少なくとも一歳《さい》は年が上のはずなのに、二人とも背《せ》がとても低《ひく》かったから、理屈《りくつ》からすれば前のほうの席《せき》にすわるべきだった。それなのに……。

「遅《おそ》く来た人には、いい場所は残《のこ》っていないものです」と先生は言った。「あなたたち二人に席《せき》をゆずるために、クラスメートを移動《いどう》させるわけにはいきませんからね」

となると、空いているのはどれも教室のうしろのほうの席《せき》だった。〈うさぎ〉の列のうしろにひとつと、〈わんぱく〉の列のうしろにひとつと、〈ごきげんとり〉の列のうしろにふたつ、空いたつくえがあった。先生は新学期の最初《さいしょ》に座席表《ざせきひょう》を書いて、出席簿《しゅっせきぼ》のあいだにはさんで持ち歩いていたが、それを見ても一目瞭然《いちもくりょうぜん》のはずだ。

左右対称《たいしょう》にとてもこだわるスフォルツァ先生のことだから、二人を〈ごきげんとり〉の列のうしろにすわらせるだろうと、だれもが思っていた。つまり、エステルとレナータのすぐうしろの席《せき》だ。エステルたちは早くも文句《もんく》たらたらで、不満《ふまん》そうな顔をしていた。

ところが先生は、二人を〈うさぎ〉の列のいちばんうしろにすわらせたのだ。〈ごきげんとり〉の子たちは大喜《おおよろこ》びだったし、ほかの子たちはみんなおどろいた。それだけではない。

「クラスメートを移動《いどう》させるわけにはいかない」と言った舌《した》の根《ね》もかわかないうちに、ルチアーナとマリザを〈ごきげんとり〉の列に移動《いどう》させ、〈うさぎ〉の子たちをそれぞれひとつ前の席《せき》に移《うつ》らせたのだ。その結果《けっか》、新しく来た二人とほかの子たちのあいだに、空いたつくえがひとつはさまれることになった。

うしろから二番目の席《せき》にすわっていた、アンナとルイゼッラだけに席《せき》を移《うつ》らせるほうがてっとりばやいはずだったのだが、先生は、用務員《ようむいん》の娘《むすめ》と洋裁師《ようさいし》の娘《むすめ》を、町の名士《めいし》の娘《むすめ》たちといっしょにすわらせたくなかったにちがいない。

とにかく、小柄《こがら》なアデライデとイオランダは、いちばんうしろの席《せき》で、みんなのかげにかくれてしまった。あれではきっと黒板が見えないだろうけれど、二人は抗議《こうぎ》しなかった。

スフォルツァ先生が書いた、4年D組の座席表

	左の列		真ん中の列		右の列		
	マルチェッラ・オジオ 外科医	ロザルバ・カルダーノ 商店経営	シモーナ・ゼルティ 新聞記者	ロベルタ・シルヴェッティ 公証人	ズヴェーヴァ・ロペス・デル・リオ 地主	エミリア・ダミアーニ 地主	
ろうか	ルチアーナ・リッツォ 画廊	マリザ・プレモリ ホテル・エクセルシオール	ジュリア・カッターニ 商店経営	ヴィヴィアーナ・アルトム 大学教授	アレッサンドラ・マンダス 大学教授	カミッラ・ラニッダ 薬剤師	まど
	アンジェラ・コッコ 農家	ルチア・メーレ 大工	プリスカ・プントーニ 弁護士	エリザ・マッフェイ 心臓医	ウルスラ・ウジーニ 弁護士	フラヴィア・ランディ 企業家	
	アガタ・フィオーリ 自動車修理工	パオラ・マッラーディ 八百屋	マリーナ・セッレーリ 県知事	フェルナンダ・ギロ 歯科医	エステル・パナーロ 判事	レナータ・ゴリネッリ 技師	
	アンナ・ピウ 用務員	ルイゼッラ・ウラス 洋裁師	ラウラ・ボナヴェンテ 副市長	ジゼッラ・ザンカ 菓子店			

どちらかというと、自分たちだけ孤立《こりつ》した場所にいられることに満足《まんぞく》しているようだった。

けれども、生徒《せいと》たち全員を厳密《げんみつ》な背《せ》の順《じゅん》にならばせる帰りの行進のときには、さすがの先生も、二人に列のいちばんうしろを歩かせるわけにはいかなかった。そんなことをすれば、目立たなくなるどころか、むしろ周囲《しゅうい》の人たちの視線《しせん》をひきつけることになる。

つまり先生は、帰りの行進を台無《だいな》しにしたくなければ、二人をそれぞれの背《せ》の高さに見合った位置《いち》に入れるしかなかった。たとえそのために、ほかの子たちを移動《いどう》させて、もういちど順番《じゅんばん》を決めなおす必要《ひつよう》があるとしてもだ。ということは、出席簿《しゅっせきぼ》に書いた背《せ》の順《じゅん》も訂正《ていせい》しなければならなかった。先生は完《かん》ぺきに書きこまれた出席簿《しゅっせきぼ》をなによりも大切にしていた。

ここで、先生にとってあまりうれしくない事態《じたい》が起こった。

クラスでいちばん背《せ》が低《ひく》かったマルチェッラ・オジオは、有名な外科医《げかい》の娘《むすめ》で、一年飛《と》び級《きゅう》をしていた。その日までマルチェッラは、列の先頭に立って歩くという名誉《めいよ》ある役割《やくわり》を、スペインのむかしながらの貴族《きぞく》の血をひく大地主《おおじぬし》の娘《むすめ》、ズヴェーヴァ・ロペス・デル・リオと二人でりっぱに果《は》たしていた。

ところが、アデライデは、くる病〔ビタミンDなどの不足《ふそく》により、骨《ほね》が変形《へんけい》する病気〕にかかっていて足が少し悪かったせいもあり、マルチェッラよりも背《せ》が低《ひく》かった。きちんと背《せ》の順《じゅん》にならばせようと思ったら、列の先頭に立つのはズヴェーヴァではなく、アデライデとマルチェッラということになる。スモックはほころびや染《し》みだらけだし、髪型《かみがた》は田舎《いなか》の子に典型的《てんけいてき》な二つに分けたおさげのアデライデが、行進の先頭を歩くのだ。

　マルチェッラとアデライデという、あまりにちがいすぎる二人が、クラスの代表ともいえる列の先頭をつとめられるのだろうか。それに、もしも外科医《げかい》のオジオ先生が学校に娘《むすめ》をむかえにくることがあって、自分の娘《むすめ》がアデライデとならんで歩いているのを見たら、いったいどんなふうに思うだろうと、先生は気が気ではなかった。

　それでいて、スフォルツァ先生は、なにごとも正確《せいかく》さと順序《じゅんじょ》を重んじることが大切だと生徒《せいと》たちに口をすっぱくして言ってきた手前、その言葉に反することはできなかった。おまけにマルチェッラは、さっさとアデライデと手をつないで歩きだし、すじの通った理由がないかぎり、その手を放しそうになかった。自分より背《せ》の低《ひく》いクラスメートを見つけたのがうれしくてたまらなかったのだ。先生はしぶしぶ受けいれるしかなかったが、納得《なっとく》できていないことは傍目《はため》にも明らかで、このままではすみそうになかった。

　アデライデとイオランダはといえば、行進の練習なんて一度もしたことがないはずなのデに、ほかの子の動きを必死《ひっし》でまねていたので、文句《もんく》をつけるすきがなかった。アデライデの場合、マルチェッラがずっと手をつないでくれていたことも大きかった。言葉で説明《せつめい》しなくても、手を通して正しい動きやタイミングが伝《つた》わってきたからだ。

ひさしぶりに登校した二人をスフォルツァ先生がよく思っていなかった理由は、もうひとつあった。アデライデもイオランダも家が貧《まず》しかったので、授業《じゅぎょう》が終わると給食《きゅうしょく》センターに寄《よ》って、無料《むりょう》のお昼ごはんを食べていた。そのためスフォルツァ先生も、ほかの先生たちとおなじように、給食《きゅうしょく》センターの監督係《かんとくがかり》の当番をしなければならなくなった。スフォルツァ先生は、それをなによりもいやがっていたのだ。

それを知ったズヴェーヴァは、けいべつするような口調で、あの二人は、給食《きゅうしょく》センターでのお昼ごはん以外《いがい》は一日じゅうなにも食べないのだと言っていたけれど、もしかすると本当かもしれない。

4　体を洗《あら》わないと天国に行かれない?!

次の朝、出席確認《しゅっせきかくにん》とお祈《いの》りを終えると、先生はなんの前置《まえお》きもなくこんなことを言いだした。

「みなさんの体の状態《じょうたい》には、心の状態《じょうたい》がうつしだされます。品格《ひんかく》の感じられる整《ととの》った身だしなみは、なによりも、まわりの人たちに対するみなさんの敬意《けいい》のあらわれです。ですので、きょうからは、みなさんがしっかりと社会の基本《きほん》となるルールにしたがっているか、毎朝チェックすることにします。全員、起立《きりつ》！」

生徒《せいと》たちはみんな、はじかれたように立ちあがり、背《せ》すじをぴんと伸《の》ばした。ほかの子のすることを確《たし》かめるために、まわりをきょろきょろと見まわす子もいなかった。ここ数日のあいだに、そうしなければならないことを学んだのだ。

「両手は、指をしっかりそろえてつくえの上に！」先生は命令《めいれい》しながら、五十センチの製図用《せいずよう》の定規《じょうぎ》をにぎりしめ、教壇《きょうだん》からおりてきた。

「もしあたしに文句《もんく》を言ってきたら、あの定規《じょうぎ》をうばいとって、先生の頭でたたき割《わ》ってやるんだから」かみすぎてぼろぼろになっている爪《つめ》を気にしながら、ズヴェーヴァがエミリアに言った。

「おだまりなさい！」

それから先生は、生徒《せいと》を一人ひとり念入《ねんい》りにチェックしながら、みんなのつくえのあいだをゆっくりと歩きはじめた。

爪《つめ》や首や歯や耳がきちんと手入れされているか、スモックはボタンがとれかかっていたり、ほつれたりしていないか、靴《くつ》はちゃんとみがかれているか、靴下《くつした》はずり落ちていないか、髪《かみ》の毛《け》はきちんととかされていて、分け目もぴっちりしているか、といったことを確《かく》認《にん》しているのだ。

髪《かみ》の毛《け》がうなじにかかっている場合には、定規《じょうぎ》で持ちあげて、首にあかがたまっていないか、ブラウスのえりに汚《よご》れた黒い線が入っていないかチェックする。口をあけて歯を見せるように命令《めいれい》するときにも、この定規《じょうぎ》でくちびるにふれたし、ずり落ちた靴下《くつした》や、スモックの汚《よご》れ、髪《かみ》の乱《みだ》れなどを指摘《してき》するにも、定規《じょうぎ》を使った。

「ちょっとした乱《みだ》れの場合には、罰《ばつ》として、定規《じょうぎ》で二、三回たたきます」と先生は言った。

「少しひどい場合には、出席簿《しゅっせきぼ》に注意を記入します。あまりにひどい場合には、出席簿《しゅっせきぼ》に注意を記入するだけでなく、教室から出ていってもらいます」

身だしなみ検査《けんさ》は、どの列もおなじペースでおこなわれるわけではなかった。〈ごきげんとり〉の子たちのチェックをするときには、先生は、悪いわねというような苦笑《くしょう》を浮《う》かべながら、手早くすませていった。なにかを指示《しじ》するために定規《じょうぎ》を持ちあげることもなかったし、もちろん罰《ばっ》するためにふりおろすこともなかった。ちょっとした目配《めくば》せをして、数ミリずれているリボンの結《むす》び目《め》をなおさせる程度《ていど》だった。かんでぼろぼろになっているズヴェーヴァの爪《つめ》は、三メートル離《はな》れた場所からでも目についたはずなのに、見て見ぬふりをした。

〈わんぱく〉の列でも、それほど大きな問題はなかった。定規《じょうぎ》は、うたぐりぶかく何度か持ちあげられたものの、ふりおろされることはめったになく、出席簿《しゅっせきぼ》に注意が記入されることもなかった。プリスカは、インクで汚《よご》れていた指を三回たたかれただけで、出席簿《しゅっせきぼ》にはなにも書かれずにすんだ。「プリスカ、あなたは本当に世話のやける生徒《せいと》ですね」と、先生に笑《わら》いながら言われただけだった。

ようすががらりと変《か》わったのは、スフォルツァ先生が〈うさぎ〉の列にさしかかったときだった。先生の歩みはものすごくゆっくりになり、息もできずにちぢこまっている生徒《せいと》たちを、ゆかいそうにながめていた。いちばん前のマルチェッラとロザルバはべつとして、それ以外《いがい》の生徒《せいと》たちはみんな、なにかしら問題があり、先生は手ににぎった定規《じょうぎ》を持ちあげたり、指《さ》し示《しめ》すのに使ったり、たたきおろしたりと、休みなく動かしていた。

「みなさんの体の状態《じょうたい》には、心の状態《じょうたい》がうつしだされます」と、先生はさっき言ったことをくりかえした。「こんなにも心が乱《みだ》れた状態《じょうたい》で、天国に行かれると思っているのですか?」

先生がそんなおどし文句《もんく》を口にしても、ほとんどの生徒《せいと》はまばたきひとつしなかった。ところが、用務員《ようむいん》さんの娘《むすめ》のアンナだけは、こらえきれなくなって泣《な》きだした。

「この教室には、泣《な》き虫《むし》は不要《ふよう》です」スフォルツァ先生はあからさまに不快《ふかい》な顔をして言った。「出ていきなさい。顔を洗《あら》って、休み時間まで廊下《ろうか》で立っているように」

先生がいちばんうしろの席《せき》にだんだん近づいていくと、教室じゅうの子どもたちが息をひそめた。アデライデとイオランダが、清潔《せいけつ》でもなければ身だしなみが整《ととの》っているわけでもないということは、だれにでもすぐにわかることだった。先生はいったい、なんと言って二人をしかり、どんな罰《ばつ》を与《あた》えるのだろう。あの定規《じょうぎ》で、いったい何回、二人をたたくのだろう。またしても二人は教室から追いだされるのだろうか……。

みんなの予想に反して、二人は一度も定規《じょうぎ》でたたかれることはなかった。それどころか、定規《じょうぎ》は一ミリたりとも二人にふれなかった。

というのも、スフォルツァ先生は、あと一メートルというところまで二人の席《せき》に近づくと、そこで顔をしかめて立ちどまってしまったのだ。

「なんてすばらしい香《かお》りなんでしょう！」先生は嫌味《いやみ》を言いはじめた。「スミレの香《かお》り？それともバラかしら？あなたたち二人は、いったいいつからお風呂《ふろ》に入っていないのです？」

返事はなかった。アデライデとイオランダは、こまりきった顔で先生を見返すばかり。

――あたしだったら、恥《は》ずかしくて死んじゃうかも――エリザは心のなかで思った。

「どうなんです？いつから入ってないの？」先生は、なおも問いつめた。

二人のうち、どちらかというと元気のいいほうのイオランダが、ぼそぼそと答えた。

「聖母被昇天《せいぼひしょうてん》の祝日《しゅくじつ》〔八月十五日〕に、代父さん〔キリスト教の洗礼式《せんれいしき》の際《さい》に、証人《しょうにん》になる人〕が海岸に連《つ》れていってくれました」

「なるほど。海の水で……。聖母被昇天《せいぼひしょうてん》の祝日《しゅくじつ》に、海岸へ行ったのですね。それで、お風呂《ふろ》は？　お風呂《ふろ》に入ったのはいつですか？」

「先生、イオランダのうちにも、アデライデのうちにも、お風呂《ふろ》はありません」ズヴェーヴァがさげすむように言った。

「でも、シャワーぐらいはあるでしょ？」エミリアがおどろいて口をはさんだ。

「あるわけないじゃない！　エミリアったら、なにバカなこと言ってるのよ」ズヴェーヴァが言いかえした。

「おだまりなさい！」先生が声をはりあげた。「たとえお風呂《ふろ》もシャワーもなかったとしても、わたしには関係《かんけい》のないことです。とにかく、このクラスの生徒《せいと》は全員、どのような方法《ほうほう》でもかまいませんから、きちんと体を洗《あら》ってから登校すること」

それから、アデライデにむかってこう言った。

「それと、髪長姫《ラプンツェル》、あなたはいつから、そのブロンドのおさげ髪《がみ》を洗《あら》っていないのです？　ずいぶんにおうようだけど」

アデライデはしくしくと泣《な》きだした。鼻水がこびりついて汚《よご》れた顔に、二本の光るすじを残《のこ》しながら涙《なみだ》がこぼれ落ちた。

「いいですか」先生はきびしい口調で言った。「これからは心を入れかえるように。きょうのところは大目《おおめ》に見ましょう。ただし、あしたからは、新しい硬貨《こうか》のようにぴかぴかになって登校しなければ、承知《しょうち》しませんからね！」

5　先生、アデライデの髪型《かみがた》を変《か》える

エリザとロザルバは、毎朝いっしょに学校へ通っていた。学校はそれほど遠くなく、始業のチャイムが鳴るのは八時十五分すぎだというのに、二人は八時二十分前には家を出る。ゆっくりと道を歩いていき、用務員《ようむいん》さんがまだ昇降口《しょうこうぐち》のとびらを開けていないうちに学校に着き、おなじように早起きの子どもたちと、しばらく中庭で遊んでいるのが好《す》きだった。まず、〈マンナ菓子店《かしてん》〉に寄《よ》って、ロザルバは朝ごはんを食べなければならなかった。カウンターに立って、ホットココアとクリームホルンを注文する。

「ひと口食べる?」ロザルバは気前よく、いつも菓子《かし》パンをエリザにも分けてあげた。エリザは遠慮《えんりょ》するような子ではなかったから、すすめられるままに、ココアもひと口飲んだ。

それから二人は、口の両はじに茶色い泡《あわ》のひげをくっつけたまま、ふたたび学校にむかって歩きだした。とちゅうで、天気のいい日には、近いほうの道を通らずに、わざと少し

遠まわりして、公園を通りぬける。その時間、公園では植木に水やりをしていて、虫の季《き》節《せつ》になると、トベラの植えこみでテントウムシを見つけたり、ナラの枝《えだ》からすうっと落ちてきた黄色と茶色のりっぱな毛虫に出くわしたりすることもあった。

スフォルツァ先生がはじめて身だしなみの検査《けんさ》をした次の日の朝も、エリザとロザルバは公園のなかを通った。すると、金魚のいる池のふちに、見覚《みおぼ》えのある子が二人立っていた。

「見て！ アデライデとイオランダじゃない！」エリザが大声で言った。「あんなところでなにをしてるんだろう」

二人はかばんを地面において、なにか白っぽいものを持った手を噴水《ふんすい》のしぶきのほうへと伸《の》ばしながら、池の上に身をのりだしていた。

「落ちてびしょぬれにならないように気をつけてね！」と、ロザルバが声をはりあげた。

「水がそんなに深くなくたって、おぼれることもあるんだから」

「ここでなにをしてるの？」近くまで行くと、エリザがたずねた。

「体を洗《あら》おうと思って」イオランダが少し恥《は》ずかしそうに答えた。

「じゃないと……じゃないと先生が……」アデライデは言いわけをするようにつけくわ

えた。

頭のてっぺんからつま先まで二人をまじまじと見ていたロザルバが、「手伝《てつだ》ってあげる」と言った。そして、噴水《ふんすい》の水でハンカチをぬらし、しぼってから、首や耳やほっぺたを力いっぱいこすりはじめた。

なんだか人形ごっこをしてるみたいで、楽しかった。そのうちに四人は、けらけら笑《わら》いだし、水をひっかけたり、なかよしの友だちどうしでするように、くだらない冗談《じょうだん》を言いあったりした。

それから三十分後、四年D組のクラスでは、生徒《せいと》全員がいっせいに立ちあがり、身だしなみの検査《けんさ》がおこなわれた。エリザはほこらしげに、左側《ひだりがわ》のいちばんうしろの席《せき》をちらりと見た。アデライデとイオランダの顔はつやつやしてきれいだったし、いっしょうけんめいこすったので、ほんのりと赤くなっていた。耳は外側《そとがわ》も内側《うちがわ》もきれいだし、首も手もひざも、くまなく洗《あら》ってある。これなら先生だって文句《もんく》をつけられないはずだ。

ところがスフォルツァ先生は、二人のつくえから一メートルのところまで来ると、またしても鼻をしかめて立ちどまり、「なんてすばらしい香《かお》りなんでしょう！　バラの香《かお》り？それともスミレかしら？」と、わめいたのだ。「まるで猫《ねこ》みたいな顔の洗《あら》い方《かた》をしてきたのね。出てるところをぺろりとなめるだけじゃ、だめなんです」

エリザは、それを聞いてはじめて、たしかに顔や首はきれいに洗《あら》ったけれど、スモックも靴下《くつした》も髪《かみ》の毛《け》も、きのうとおなじままだということに気づいた。

「きのう、わたしが言ったことを覚《おぼ》えていますね？　まさか、もうわすれたなんて言わせませんよ」先生は脅迫《きょうはく》するように言った。

「先生、二人のせいじゃなくて、きっとばあやが……」エミリアが言いかけた。水が大《だい》の苦手《にがて》なエミリアは、いまだに毎晩《まいばん》、年をとったばあやにお風呂《ふろ》に入れてもらっていたのだ。

「まったく、エミリアったらどこまでバカなの？　あの二人のうちに、ばあやがいるわけないじゃないの」となりの席《せき》のズヴェーヴァが、けいべつのまなざしでエミリアをにらんだ。

「ばあやがいないからこそ、自分たちの身だしなみに、もっと責任《せきにん》を持たないといけないのです」先生がすかさず言いかえす。

プリスカは、エリザの手をぎゅっとにぎりしめた。あまりに強くにぎったものだから、手のひらに爪《つめ》がくいこむほどだった。そのとき、ロザルバがつくえの天板《てんばん》をいきなり持ちあげ、わざとばたんと大きな音を立てて、もとにもどした。

「なんですか？」先生がロザルバを射《い》すくめるように、にらんだ。

「今朝、二人は、いっしょうけんめいに体をきれいにしてから学校に来ました」ロザルバは先生に挑《いど》むような口ぶりで言った。

「なるほど、そうですか。ロザルバは、先生であるこのわたしよりも、いろいろよくわかっているのですね。だったら、ここに来て手伝《てつだ》ってください」

「……」

「こっちに来なさいと言っているのが聞こえないのですか！」

ロザルバは、しぶしぶ席《せき》から立ちあがり、先生のほうに歩いていった。

「たとえば、このブロンドのおさげ髪《がみ》が、あなたは清潔《せいけつ》だと思うのですか？」アデライデの三《み》つ編《あ》みを定規《じょうぎ》で持ちあげながら、先生はたずねた。「いいにおいがしますか？ほら、そばまで行って、においをかいでみなさい」

アデライデは小刻《こきざ》みに体をふるわせている。ロザルバはにおいをかぐと、きっぱりと答えた。

「とってもいいにおいです」

「本当ですね。では、さわるのもいやじゃないでしょうから、ちょっとその三《み》つ編《あ》みを持ちあげててくれますか」

ロザルバは一瞬《いっしゅん》とまどったものの、言われたとおりに持ちあげた。すると先生は、すばやく定規《じょうぎ》をつくえにおくと、ポケットからハサミをとりだし、なんのためらいもなく、じょっきん、じょっきんと、二本の三《み》つ編《あ》みを根もとから切ってしまったのだ。

「ロザルバ、ご苦労《くろう》さまでした。その三《み》つ編《あ》みが欲《ほ》しければ、どうぞ記念《きねん》に家に持ってかえりなさい。きっとアデライデは、喜《よろこ》んであなたにくれることでしょう。シラミがいるかもしれませんけれどね」

そう言うと先生は、涙《なみだ》を目にいっぱいためて、石のように身をかたくしているアデライデにむきなおった。

「なにをめそめそしてるんです。この教室には泣《な》き虫《むし》はいりません。外に出て顔を洗《あら》ってくるように。ついでに、家に帰って、新しい髪型《かみがた》をお母さんに見せてらっしゃい」

次の朝、アデライデは、まるで男の子みたいに髪《かみ》を短く刈《か》りあげて登校した。おまけに、右の目の下には、あざまであった。

「どうしたの？」ロザルバが、休み時間に聞いてみた。

「お母さんにぶたれたに決まってるでしょ」アデライデの代わりにイオランダが返事を

した。そして、ロザルバを責《せ》めるように言いたした。「なんで、きのう、先生によけいなことを言ったのよ！　助けてくれなんて、だれもたのんでないじゃない！」

それを聞いたプリスカは、腹《はら》の虫《むし》がおさまらなかった。

「どういうこと？　先生に抗議《こうぎ》するんじゃなくて、なにも悪くないロザルバに八つ当たりするわけ？　そんなのひどい」

「プリスカのお父さんに相談してみようよ」と、ロザルバが提案《ていあん》した。「弁護士《べんごし》さんだったら、人を守るのが仕事でしょ？」

ところが、プリスカのお父さんは、娘《むすめ》の話を聞こうともしなかった。

「プリスカ、おまえが幼稚園《ようちえん》に入ったころから、お父さんはずっと言ってきたはずだ。ひとの悪口や文句《もんく》、うわさ話は聞きたくない。自分の問題は自分で解決《かいけつ》しなさい。学校へ通うのは、そのための練習でもあるんだからな」

――そう言うだろうと思った――プリスカは心のなかで思った。――大人になんて、なにも期待しちゃいけないんだ――

プリスカは、あんまり腹《はら》が立ったものだから、レオポルドおじさんにもらった手帳をひらくと、物語を書きはじめた。

6 「体をあらいすぎたまま母の悲劇《ひげき》」(プリスカの物語)

むかしあるところに、マリオという名前の男の人がいました。その人のおくさんは死んでしまい、マリオさんと三人の子どもがのこされました。女の子が二人と男の子が一人です。

いちばん上は女の子で、ロゼッタという名前でしたが、家で五さいの弟と三さいの妹のめんどうをみるために、学校には行かれなくなりました。まだ十一さいのロゼッタは、部屋のそうじも、料理《りょうり》も、せんたくも、いろいろなことがあんまりじょうずではありませんでした。いちばん苦手《にがて》だったのは、弟と妹の身だしなみを整《ととの》えることでした。二人とも、かみの毛はぼさぼさで、右と左で色のちがうくつをはき、コートの上から下着を着て、ジャムでべたべたの手で、鼻水をたらしながら出かけます。それでも、おねえさんのロゼッタが遊んでくれるし、楽しいお話を聞かせてくれるし、歌もうたってくれるし、なんでも好《す》きなものを食べさせてくれるので、弟と妹はいつもごきげんでした。

ところが、お父さんのマリオさんは、夜になって仕事から帰ってくると、下の子たちがよごれたかっこうをしているので、ロゼッタのことをきびしくしかるのでした。

「これじゃあ、新しいお母さんをもらわないとならないぞ」

それでもロゼッタ一人では、どうすることもできなかったので、とうとう、お父さんはさいこんすることにしました。新しくやってきたまま母は、病気かと思うくらい、そうじと、整理整とんが好《す》きでした。家にやってくるとすぐに、三人の子どもたちをそうじ道具の入ったたんすに入れて、そのまま三日間、とじこめてしまいました。そのあいだ、子どもたちは、食べるものも飲むものももらえませんでした。それから、まま母は家じゅうのものをどかしてほうきではいてから、ゆかを水ぶきして、ワックスをかけて、家具やガラスもみがきあげて、小さなほこりまで必死《ひっし》でとりのぞきました。

家がまるで病院みたいにきれいになると、まま母はやっと三人の子どもたちをたんすから出し、おふろ場につれていきました。バスタブには、すごく熱《あつ》いお湯がいっぱい入っていました。まま母は、子どもたちが熱《あつ》くてひめいをあげるのもむしして、お湯にしずめて、かたいブラシでごしごしこすりました。そのせいで、よごれといっしょに皮まで少しむけてしまいました。それから消《しょう》どくをした真っ白のパジャマを着せて、頭をかりあげにしてしまいました。かみの毛によごれがついていると考えたからです。

弟と妹がわんわんないているのを見て、ロゼッタはおにばばのようなまま母から二人を守れない自分のむりょくさに、むねがしめつけられそうになりました。

マリオさんが仕事から帰ってくると、弟と妹は、ベルトでベッドに体をしばりつけられて、ねむっていました。夜中に起きてはだしで歩きまわり、足のうらをよごしてしまわないようにです。

ロゼッタは、お父さんにまま母のもんくを言いました。ところが、お父さんはこう答えるだけでした。

「おまえが悪いんだろう。とうぜんのむくいだよ。お父さんは新しいお母さんのすることにさんせいだ。おまえたちの体がこんなにきれいになったのは、ひさしぶりじゃないか」

三人の子どもたちにとっては、地ごくのような生活でした。まま母は、ばいきんをひろってくるとたいへんだからと言って、三人を外に出しませんでした。ちらかすからと言って遊ばせてもくれないし、口やナプキンをよごすからと言って、ふつうのごはんも食べさせてくれませんでした。

子どもたちに栄養《えいよう》をあたえるために、ヘンな味のする水っぽいスープのようなものをつくり、それをおなべに入れて電気の下につるしました。そしてそのおなべから、それぞれにべつのじゃぐちのついたゴムチューブを三本たらしたのです。子どもたちがその下にすわって、チューブの先っぽをくわえるのをかくにんしてから、まま母はじゃぐちをひらきます。そうすれば、一てきも外にこぼれる心配がないからです。

弟と妹は、ないてばかりでした。ロゼッタも、二人を助けられないことが悲しくてなきつづけ、とうとう病気になってしまいました。

はじめのうち、まま母は、自分の考えたやり方で、ロゼッタの病気をなおそうとしました。一日に六回おふろに入れて、ごはんはなにも食べさせないという方法《ほうほう》です。いぶくろがからっぽなら、清《せい》けつだし、清《せい》けつだということはつまり、けん康《こう》にいいだろうと考えたのです。

でも、ロゼッタは少しも元気になりませんでした。それどころか、もう少しで死にそうなくらい悪くなってしまったのです。マリオさんはむねに手をあてて反省《はんせい》し、お医者さんに電話をすることにしました。

ポルド・レオという名前の先生がやってきて、ロゼッタが死にそうなだけではなく、このままでは、弟と妹も病気になってしまうと考えました。

そこで、薬を買ってくるようにたのんで、まま母を外へ行かせ、そのすきに三人の子どもたちを車に乗せて、自分の家につれていき、屋根うら部屋にかくしました。そしてまた、大急ぎでマリオさんの家にもどったのです。そこへタッチの差《さ》で、まま母が帰ってきました。

「たいへんです、おくさん」と、お医者さんは言いました。「最高《さいこう》のちりょう法《ほう》は、きれいにすることだと思い、三人をおふろに入れてあらっていたら、まるで使いすぎたせっけんのように、三人ともとけて消えてしまいました」

「はい水口《すいこう》がつまっていなければ、それでいいですわ」まま母は、じゃま者がいなくなったので、とても喜《よろこ》んでいました。マリオさんが自分とさいこんしたのは、子どもたちのせわをさせるためで、愛《あい》してくれているわけではないと知っていたので、子どもたちを心からにくんでいたのです。

仕事から帰ってきたマリオさんは、悲しみました。なきさけびながら、三人の子どもたちを、はい水《すい》かんから助けださなければ、家からおいだすと、まま母をおどしました。まま母は考えました。——もし、あたしがこれまでにないくらい美しくなって、あの人をめろめろにしてしまえば、だんだんあたしを愛《あい》してくれるようになるし、三人の鼻たれのことも考えなくなり、わすれてしまうでしょう——

まま母は、ポルド・レオ先生をたずねていきました(そのあいだ先生は、ないしょでロゼッタの病気をなおし、三人の子どもをかくまっていました。子どもたちは、先生のうちでは好《す》きなだけよごすことができました)。まま母は、先生に相談したのです。

「先生、かみの毛が太陽みたいに金色にかがやいて、長くてきれいにカールするようになるシャンプーはありますか?」

「ええ、おくさん。もちろんありますよ! あなたがすごくかわいがっていた、かわいそうなお子さんたちの思い出の品として、さしあげましょう」

「先生、それと、すらりとせが高く、ゆうがで、必要《ひつよう》なところはふくよかな体形になれて、おはだはタイサンボクの花びらみたいに白くてやわらかで、モモの皮みたいなビロードの手ざわりになれる入浴《にゅうよく》ざいはありますか？」

「ええ、おくさん、もちろんありますよ！　きせきの入浴《にゅうよく》ざいがあります。これも、かわいそうなお子さんたちの思い出の品として、さしあげましょう」

ソファーのかげにかくれて、二人のやりとりを聞いていたロゼッタは、いい気味だと思いながら、わらっていました。まま母がいかにも大事そうにかばんにしまった二本のびんの中に、本当はなにが入っているか知っていたからです。

まま母が家に帰ると、マリオさんが一人、子ども部屋でないていました。

「しっかりしてよ、なき虫なんだから！」部屋の前を通りかかったまま母が言いました。「いつまでもくよくよ考えてたって、どうにもならないでしょ。あした水道屋さんをよんで、もう一度さがしてもらいましょう。とにかく、きょうは二人でロマンチックなお店に行って食事をしましょうよ。そうすればあなたの気もまぎれるでしょうから。出かけるしたくをしてきます」

そう言うと、まま母はおふろ場へ行って、バスタブにお湯を入れました。もらってきた入浴《にゅうよく》ざいを入れると、すぐにふわふわのあわだらけになりました。そこで服をぬぎ、お湯にどっぷりとつかりました。はだが少しひりひりしてきました。――もう、こうかが出はじめたのね――まま母は大喜《おおよろこ》びでした。――次は、まほうのシャンプーでかみをあらいましょう――そして、びんの中身を頭にふりかけ、マッサージをしながら、ごしごしとこすりはじめました。シャンプーもふわふわにあわがたち、頭がひりひりしてちょっと気持ちが悪かったのですけれど、まま母はそれがふつうだと思いました。

こすりおわると、こんどはシャワーをかた手に、頭をすすぎはじめました。でも、おどろいたことに、シャンプーのあわをすすぐと、それといっしょに、かみの毛もぜんぶ流れてしまったのです。

ひめいをあげようと口をひらいたところで、まま母は下のほうをむきました。すると、自分のおなかが大きくふくらんで、えんどう豆のような緑色になっていることに気づきました。まま母はますますこわくなりました。おなかだけでなく、体じゅうが大きくふくらんで、バスタブにすっぽりはまってしまい、動けなくなっていたのです。おまけに、はだは、まるでヒキガエルのようにザラザラのイボイボで、茶色のはん点がある緑色でした。

バスタブのとなりには鏡《かがみ》がありました。まま母はそこにうつった自分を見て、大きなひめいをあげたと思ったら、次のしゅん間《かん》には気ぜつしていました。ぶくぶくにふくらんだ、イボだらけの、毛のないかいぶつのすがたをしていたのです。

ひめいを聞いてかけつけたマリオさんは、かいぶつのすがたになってしまったおくさんを見て、はい水《すい》かんのつまりをとかすせんざいをかけて、バスタブのお湯ごと流してしまおうと考えました。

その大きな体は最初《さいしょ》、ボコボコと音を立てながら、はい水口《すいこう》につまって動かなくなりましたが、だんだんと小さく、ぷよぷよになっていき、色もうすく、ほっそりとして、最後《さいご》には水ヘビみたいになって、はい水口《すいこう》のおくに、すいこまれてしまいました。

「体をあらいすぎるから、こんなことになるんだ！」マリオさんはため息をつきました。ものすごく気持ちが動転していたので、せいしん安定ざいをもらいにポルド・レオ先生のところへ行きました。

マリオさんが、消えてしまったまま母のことを先生に話すと、ソファーのかげにかくれて聞いていた子どもたちが大喜《おおよろこ》びで飛《と》びだしてきて、マリオさんの首にだきつきました。

先生は言いました。

「マリオさん、どうかロゼッタをわたしのおよめさんにさせてください！　ロゼッタが十五さいになったら、結《けっ》こんするつもりです」

こうして、みんなは幸せにくらしました。だけど、体はなるべくあらわないように、あらうときには、そっとあらっていたということです。

11 月
NOVEMBRE

1　マリウッチャおばあちゃん、死んだ人たちを訪《たず》ねる

「あしたは、死者の日〈キリスト教で、亡《な》くなった人たちのために祈《いの》りをささげる日。十一月二日〉だから、きっとまた、作文を書かされると思わない？」もううんざりだというようにエリザが言った。

それまでにも、死者の日をテーマにしたお涙《なみだ》ちょうだいの詩をいくつか暗記させられていた。なんといっても見ものだったのは、みんなの前に出て暗唱《あんしょう》するときに〈ごきげんとり〉たちが浮《う》かべる、悲しみと苦しみたっぷりの表情《ひょうじょう》だった。

毎年十月の終わりになると、おなじことのくりかえしだった。授業《じゅぎょう》も副読本《ふくどくほん》も聞き取りも、なげきの十字架《じゅうじか》や、親を亡《な》くした子ども、だんなさんに先立たれて黒いヴェールをかぶっている女の人、菊《きく》の花、お葬式《そうしき》、お墓《はか》とそのまわりに生える糸杉《いとすぎ》といったものだらけになる。

エリザにしてみれば、どうして一年に一度しか死んだ人のことを考えないのか、ふしぎでたまらなかった。マリウッチャおばあちゃんは、毎日欠《か》かさずお墓《はか》に通っている。午後、キッチンの片《かた》づけをするばあやの手伝《てつだ》いをしてから、服を着がえ、黒い帽子《ぼうし》をかぶり、その帽子《ぼうし》が飛《と》ばないように、うなじのあたりで結《ゆ》ったシニヨンの下にゴムひもをひっかけて、「出かけてくるね」と声をかけるのだ。家族はみんな、おばあちゃんがどこへ行くのか知っていた。

町の城壁《じょうへき》を出てすぐのところの、丘《おか》の上にある墓地《ぼち》までは、けっこう遠かった。その距《きょ》離《り》を歩くのはたいへんだろうからと、おじさんたちが近所のヴラディミーロさんにたのんで、オートバイでマリウッチャおばあちゃんを送りむかえしてもらうことになっていた。つまり、通学定期みたいなものだ。

といっても、黒地に白の細かな水玉が入った服に身を包《つつ》み、絹《きぬ》のレースの手袋《てぶくろ》をはめ、シルバーの留《と》め金《がね》のついた大きなハンドバッグを抱《かか》えたマリウッチャおばあちゃんが、オートバイのうしろにさっそうとまたがり、親切なご近所さんの腰《こし》につかまっているところを想像《そうぞう》してもらってはこまる。じつは、ヴラディミーロさんのオートバイには、りっぱなサイドカーがついていたのだ。サイドカーを知らない人のために説明《せつめい》しておくと、オートバイに連結《れんけつ》されている、金属《きんぞく》でできたタイヤつきの小舟《こぶね》みたいなもので、人がすわれるように、内側《うちがわ》にはクッションの入ったシートがはってある。

問題は、おばあちゃんが大《だい》のスピード恐怖症《きょうふしょう》だったということだ。走っているあいだじゅうずっと、両手でサイドカーのふちにしがみつき、さけんでいた。

「そこのカーブ、気をつけて！　もっとスピードを落としてちょうだい！　ブレーキふんで！　たいへん！　大型《おおがた》トラックがわたしたちを追《お》い越《こ》そうとしてるわ」

ありがたいことに、ヴラディミーロさんはとてもおだやかな人で、なにを言われてもぜったいに怒《おこ》らなかった。角のタバコ屋のおばあさんと結婚《けっこん》しているのだけれど、洋裁師《ようさいし》のシルヴァーナ・ボイさんの話では、若《わか》いころマリウッチャおばあちゃんのことが好《す》きだったらしい。

バイクが丘《おか》の坂にさしかかると、そこはもう舗装《ほそう》されていなかったので、ものすごい土ぼこりがまいあがり、おばあちゃんはごほごほと咳《せき》こんだ。けれど、それはほんの序《じょ》の口《くち》だった。というのも、そこから先はカーブの連続《れんぞく》で、どんなにヴラディミーロさんがゆっくり走っても、おばあちゃんは気分が悪くなり、サイドカーからおりて、吐《は》いてしまうのだった。ただし、おばあちゃんは吐《は》くときでも上品で、そのあとかならず、パルマスミレの香水《こうすい》をしみこませたハンカチで、おでこと両手をふいた。

墓地《ぼち》に行くたびに、毎回ほとんどおなじカーブで、行きと帰りにそれがくりかえされる。ときどきはエリザもバイク便《びん》に乗せてもらうことがあった。もうちょっと小さかったころは、カーブにさしかかったときに、いきおいあまってサイドカーから外に飛《と》びだしてしまうのではないかと心配したおばあちゃんが、エリザをとなりの席《せき》にすわらせる代わりに、足もとの床《ゆか》にすわらせて、両ひざでしっかりはさんで押《お》さえていた。その位置《いち》だと、エリザはセルロイド製《せい》の風よけに鼻を押《お》しつけるしかなく、通りの景色《けしき》はほとんど見えなかった。それでもエリザは、サイドカーに乗って出かけるのが大好《だいす》きだった。

墓地《ぼち》の前の広場に着くと、ヴラディミーロさんは二人にあいさつした。

「じゃあ、六時半にまたここで」

そして、一人気ままにどこかへ行ってしまうのだ。

マリウッチャおばあちゃんは、まず服についた土ぼこりをはらい、花を生けるために使う泉《いずみ》の水でくしをぬらして髪《かみ》をきれいに整《ととの》えると、エリザのえりをまっすぐに直しながら、たずねるのだった。

「きょうは、最初《さいしょ》にだれにあいさつしようかね」

おばあちゃんには、会いにいかなくてはならない死者がたくさんいた。自分の両親に、死んだだんなさんの両親(エリザにとっては、どちらも、ひいおじいちゃんとひいおばあちゃんにあたる)、それとテレンツィオおじいちゃんに、お姉さんと妹、小学校時代の親友、結婚《けっこん》する前に声楽を教わっていた先生、むかし住んでいた家の大家さん、角のサラミ屋さん。この人は、レオポルドおじさんがいろいろと診察《しんさつ》し、助言していたのに、二年前に心臓発作《しんぞうほっさ》で死んでしまった。

そしてだれよりも大切なのが、エリザのお父さんのジョヴァンニと、お母さんのイザベッラ。おばあちゃんは、この二人を「わたしの子どもたち」と呼《よ》び、いつだっていちばん長い時間、話をしていた。

エリザにとって墓地《ぼち》は、とてもロマンチックで謎《なぞ》めいた、魅力的《みりょくてき》な場所だった。たとえば、表面がコケでびっしりおおわれた日かげの小道とか、幹《みき》がこぶみたいにごつごつした古い木とかがあり、そんな緑の中に、石像《せきぞう》が白く浮《う》かびあがっていた。長い髪《かみ》をなびかせたきれいな女の人や、レースの服(もちろんレースも大理石)やセーラー服を着た子どもたち、大きなつばさのある天使たちなどだ。また、永遠《えいえん》の眠《ねむ》りについた人のベッドのまわりで、他人の目をはばかることなく抱《だ》きあって泣《な》いている家族みんなの群像《ぐんぞう》まであった。

おまけに、頭からシーツをかぶったガイコツたちが、通りかかる人をおどすように、鎌《かま》をふりかざして立っていた。エリザはガイコツを見てもこわくはなかった。どれもつくりもので、動かないとわかっていたからだ。なかには、肩《かた》に小鳥が巣《す》をつくっているガイコツもあった。べつのガイコツがふりかざしている鎌《かま》の上では、カタツムリがのっそりと、はっていた。それを見ながらエリザは、こんどのカーニバルのときには、頭からシーツをかぶっておばけの仮装《かそう》をして、ばあやのイゾリーナをおどろかせようと考えていた。

おばあちゃんが、あっちのお墓《はか》やこっちのお墓《はか》の前にしゃがみこんでは、死んだ人たちとおしゃべりしているあいだ、エリザは墓地《ぼち》を歩きまわって、墓碑《ぼひ》にきざまれた文章を読んでいた。なかには、ぷっと吹《ふ》きだしてしまうくらいおもしろい文章もあって、なにがなんでも紙に書きうつして、プリスカに見せたいくらいだった。プリスカだったら、きっとなにかのお話のネタにするだろう。

マリウッチャおばあちゃんは、いつでもいちばん最後《さいご》に「わたしの子どもたち」のお墓《はか》を訪《おとず》れた。エリザを呼《よ》んで、ガラスの小窓《こまど》にかざられた二人の写真に、そのすがたを見せるのだった。

「見えるかい。あなたたちのかわいい娘《むすめ》は、このとおり元気にしてますよ。しばらく来ないうちに、ずいぶん大きくなったでしょう。わたしがしっかりめんどうをみてますからね。それに、三人のおじさんとばあやも、いろいろと世話をやいてくれます。だから、どうぞ安心してちょうだい」と、言いながら。

エリザは小さかったころ、あの船の窓《まど》みたいな丸いガラスのむこうで、パパとママが本当に自分を見ているのだと信《しん》じていた。それで、「バイバイ」と言って手をふった。とうぜんのことだけれど、パパもママも返事をしてくれなかったので、エリザは怒《おこ》って、へそを曲げてしまうのだった。

あのころの自分は、なんてむじゃきだったんだろうと考えると、なんだかおかしくなってくる。でも、そういうことを作文に書く気には、ぜったいになれなかった。あまりにも個人的《こじんてき》なことだから、人には知られたくない。プリスカにも話したことはなかった。だって、プリスカに話したら、お話に使われてしまうに決まっていた。

2　プリスカもお墓《はか》に行く

いっぽう、プリスカがお墓《はか》に行くのは年に一回、十一月の二日だけだった。ガブリエレ兄さんと、お父さんとお母さん、それにおじいちゃんも、みんなでよそゆきの服を着て、お墓参《はかまい》りをする。お母さんはこのときとばかりに、たとえ季節《きせつ》のうつり変《か》わりが遅《おそ》くて、まだそんなに寒くない年でも、キツネの毛皮のえりのついた、とってもエレガントな黒のマントをはおり、ヴェールのついた黒い小さな帽子《ぼうし》をかぶるのだった。

墓地《ぼち》に着くまでの車の中では、みんなふだんどおりの口調でとりとめのないおしゃべりをしていたのに、鉄の門をくぐったとたん、お墓《はか》にふさわしい悲しそうな表情《ひょうじょう》になり、すごくかたくるしくて、厳格《げんかく》なふんいきになるのだった。

プリスカの家族には、訪問《ほうもん》しなければならない死者はそんなにいなくて、父方のおばあちゃん一人だけだった。そのおばあちゃんは、なんと「プリスカ・プントーニ」という名前だった。

「プリスカおばあちゃん」は、もう四十年以上《いじょう》も前、お父さんが生まれて間《ま》もなく死んでしまった。そのため、おじいちゃんはすぐに、小さな息子《むすこ》のめんどうをみてくれる新しい奥《おく》さんを探《さが》し、いまのテレザおばあちゃんと結婚《けっこん》したのだ(テレザおばあちゃんは、「あそこで眠《ねむ》っている人は、わたしとは関係《かんけい》がないから」と言って、いっしょにお墓《はか》に来ることはなかった)。

おじいちゃんはきっと、最初《さいしょ》の奥《おく》さんをあんまり愛《あい》していなかったのかもしれない、とプリスカは思っていた。もし本当にすごく愛《あい》していたのなら、思い出を大切にしながら生きていくはずだもの(一生とは言わないけれど、せめて最初《さいしょ》の何年かぐらいは)。赤ちゃんの世話ができなければ、乳母《うば》をやとえばいいのだから。

その、年をとったほうの「プリスカ・プントーニ」のことを、おじいちゃんはすぐにわすれてしまったみたいだった。ふだん名前を口にすることはなかったし、一年に一度、花束《はなたば》を持っていくときにだって、お墓《はか》の前でとほうに暮《く》れたように写真を見ていた。まるで、この女の人は本当に自分の知りあいなのだろうか。自分はこの人と結婚《けっこん》していたことがあるんだろうかと、自分で自分に問いかけてるみたいだった。

そのくせ、「プリスカおばあちゃん」のためにすばらしい石像《せきぞう》をつくらせた。もっと正《せい》確《かく》に言うと、お母さんが得意《とくい》げに友だちに話していたように、町でいちばん腕《うで》のいい彫刻《ちょうこく》家《か》にたのんで、「大理石の群像《ぐんぞう》」を彫《ほ》ってもらったのだ。

プリスカはその群像《ぐんぞう》がとても気に入っていて、毎年お墓参《はかまい》りに来るたびに、長いことじっとながめ、はじめて見るように、一つひとつ細かい部分にまで見入っていた。大理石のゆりかごがあって、まくらや毛布《もうふ》、うすいカーテンまで、なんでもそろっている。ぽっちゃりとした裸《はだか》の男の赤ちゃんがその中で寝《ね》ていて、きれいな女の人のネグリジェのすそをつかもうと手を伸《の》ばしているのだけれど、女の人は天にむかって飛《と》んでいこうとしている。といっても羽があるわけではなくて、空気のうずに吸《す》いこまれていくみたいな感じだった。ゆりかごの台座《だいざ》の部分には、こんな文章がきざまれていた。

プリスカ・プントーニ
徳高《とくたか》き娘《むすめ》
誠実《せいじつ》でやさしき妻《つま》
母であることの喜《よろこ》びを知るも束《つか》の間《ま》
この涙《なみだ》の谷を去る

二十二年の歳月《さいげつ》を生き
その後は、悲嘆《ひたん》にくれた家族の
思い出のなかに生きるのみ

毎年のことだけれど、その日もプリスカは、自分の名前が大理石の墓碑《ぼひ》にきざまれているのを見てショックを受けた。でも、それよりももっとショックだったのは、その文字が、去年よりも少しうすくなっていたことだった。あと何年ぐらいしたら、ぜんぜん読めなくなってしまうのだろうか。

——いつかあたしも、こんな文章だけになっちゃうのかな——プリスカはそんなことを考えた。——あたしを好《す》きでいてくれた人たちも、何年かするとみんなあたしのことなんてわすれちゃうわけ?——

プリスカは頭のなかで、身近な人の名前を思いうかべてみた。お父さんもお母さんも、ガブリエレ兄さんも、イネスも、エリザも、それにレオポルドおじさんも、おまけにあたしの十七人の子どもたちもみんな、あたしをわすれちゃうの? それは、あまりにもむごい考えだった。自分の歩んだあとがぜんぜん残《のこ》らないのだとしたら、いったいなんのために生まれてきたのだろう。

　そのとき、あることがひらめき、プリスカの心をとらえた。ううん、そんなことない！　ちゃんといるじゃないの。何百年も先まであたしのことを覚《おぼ》えていてくれる人たちが。あたしの読者よ！　プリスカだって、いつかわからないくらいむかしに、しかもアメリカで死んだルイーザ・メイ・オルコットのことを知っていた。『若草物語《わかくさものがたり》』を読んだからだ。それとおなじように、作家としてのプリスカの名声はいつまでも残《のこ》るはずだ。もしかすると、手にノートとペンを持っている像《ぞう》をたててもらえるかもしれない。それも墓地《ぼち》にじゃなくて、町の中心にある広場に。ヴィットリオ・エマヌエーレ二世〔イタリア王国の初代国《しょだいこく》王《おう》、イタリア統一《とういつ》の父とされる〕の像《ぞう》みたいなやつだ。学校や病院や道路や広場、いたるところに「プリスカ」という名前がつけられ、生まれた家には看板《かんばん》が掲《かか》げられるのだ。

　ほっとしたプリスカは、大理石の赤ちゃんのほっぺたを指でそっとなでてみた。なんとなく弟のフィリッポに似《に》ている気がした。

　お父さんとおじいちゃんはお墓《はか》のそうじをしていた。草を抜《ぬ》き、ひからびたコケをこそげ落とし、花びんの水をとりかえる。マントを汚《よご》したくなかったお母さんは、手伝《てつだ》わないで、となりの墓地《ぼち》のフランキ夫人《ふじん》とおしゃべりをしていた。

そのときプリスカは、ちょっと離《はな》れたところにスフォルツァ先生がいるのに気づいた。だんなさんらしき男の人と腕《うで》を組んで歩いている。先生は、勢《せい》ぞろいしていたロペス・デル・リオ一家に、やたらと丁寧《ていねい》なあいさつをしたかと思うと、ヴィヴィアーナ・アルトムのお父さんと立ち話をはじめた。アルトムさんは、大学教授《だいがくきょうじゅ》だからといつもいばっている、ものすごく感じの悪い人だ。そのあと先生は、黒い服を着た女の人の集団《しゅうだん》のなかに、アデライデがいることに気がついた。アデライデは、そばにいた年をとった女の人の服のすそをひっぱり、二人でいっしょに先生にむかって、まるで頭が地面にくっつきそうなくらい深いお辞儀《じぎ》をした。ところが先生ときたら、見なかったふりをして、まっすぐ前をむいたまま通りすぎてしまったのだ。アデライデは、遠くから見ていただけのプリスカにもわかるほど、がっかりしていた。そのとき、プリスカの頭にひとつの考えが浮《う》かんだ。――ひょっとすると、先生自身がごきげんとりなのかもしれない――

3　プリスカ、わすれられない光景《こうけい》を目にする

墓地《ぼち》から出てすぐの広場には、イオランダがいた。プリスカは、かけよって声をかけた。

「こんにちは！　あたしはプリスカおばあちゃんのお墓参《はかまい》りに来たんだけど、イオランダはだれのお墓参《はかまい》り？」

イオランダは順《じゅん》に名前を言いながら、指を折《お》って数えはじめた。

「弟のアドリアーノと、妹のルイザ、それにもう一人の妹のヴィンチェンツィーナでしょ……」

「きょうだいが三人も死んじゃったの？」プリスカはおどろいた。「何歳《なんさい》で？」

「わかんないけど……」と、イオランダは言った。「三か月か四か月ぐらいのときかな……。ちがった。ルイザはもう歩いてたから……三歳《さい》ぐらいかも」

「どうして死んじゃったの？」

「さあ。母さんは、神さまがお救《すく》いくださったって言ってたけど……」そして、ちっと

も関心《かんしん》がなさそうに続《つづ》けた。「それから、カルメラおばさんに、トーレおじさん。おじいちゃんも死んだけど、もうどこにいるかわかんないし……」

「どこにいるかわかんないって?」

「お墓《はか》から出されて、べつのところへ持っていかれちゃったの。母さん、共同墓所《きょうどうぼしょ》に連《つ》れていかれたんだって言ってた」

プリスカには、どういうことなのかぜんぜん理解《りかい》できなかった。

「共同墓所《きょうどうぼしょ》って?」

「見にいきたい?」イオランダが、秘密《ひみつ》をうちあけるように声をひそめて言った。「この近くだから、すぐに行ってこられるよ」

そして、返事を待たずにプリスカの手をつかむと、墓地《ぼち》に連《つ》れもどし、中央の通路のつきあたりの、プリスカが一度も行ったことのない場所へと案内《あんない》した。

そのあたりには、木立《こだち》のかげになった通路もなければ、石像《せきぞう》もなかった。お墓《はか》はどれも、アメリカの西部劇《せいぶげき》に出てくるみたいな、盛《も》りあげた土の上に木の十字架《じゅうじか》が立っているだけのシンプルなものだった。中央には、しっくいで塗《ぬ》りかためられた背《せ》の低《ひく》い建物《たてもの》があった。大きめの貯水《ちょすい》タンクみたいな形をしていて、屋根の上には十字架《じゅうじか》があった。

「こっちよ」イオランダが言った。それからいきなり立ちどまり、プリスカの目をじっと見た。「だれにも言わないって約束《やくそく》する？」

「約束《やくそく》する」とプリスカ。

「言ったら、ひどい目にあうわよ」

「言ったら、ひどい目にあう」

周囲《しゅうい》を見まわしてだれもいないことを確《たし》かめてから、二人は建物《たてもの》に近づいていった。片《かた》側《がわ》には木でできたとびらがあり、こんなふうに書かれていた。

納骨堂《のうこつどう》

死者への敬意《けいい》を！

以前《いぜん》の我々《われわれ》は、いまのあなたがたと変《か》わらなかった

あなたがたもいずれ、いまの我々《われわれ》のようになる

とびらの上のほうには、鉄格子《てつごうし》のついた小さな窓《まど》があった。プリスカとイオランダは、おたがいに協力《きょうりょく》しながら交代でよじのぼり、中をのぞいてみた。

――こんなにたくさんの人間の骨《ほね》が、ごちゃまぜになって積《つ》みあげられてるなんて、たとえだれかに話したとしても、きっと信《しん》じてもらえないだろうな――プリスカは思った。――あたしが口から出まかせを言ったと思われる――

「おじいちゃんは、あの中にいるのよ」イオランダが重大発表をするように言った。

「どれなの？」プリスカがたずねた。

「さあ。こんなに骨《ほね》がごちゃごちゃしてるんだから、わかるわけないでしょ」

墓地《ぼち》を出たところの広場では、車のわきでお母さんがしびれを切らして待っていた。

「いったいどこへ行ってたの？　ごらんなさい、コートが汚《よご》れて白くなってるじゃないの！」

「いいから、早く車に乗っておくれ」おじいちゃんが呼《よ》んだ。

車の中でプリスカは、だまって考えごとをしていたが、家まであと少しというところで、やぶから棒《ぼう》にたずねた。

「おばあちゃんの骨《ほね》は、いつ共同墓所《きょうどうぼしょ》に運ばれるの？」

びっくりしたおじいちゃんが急ブレーキをふんだ。

「いきなり、なんてことを言いだすんだ。どうしてそんなところへ運ばれないとならないのかね？」

「あたしの友だちのおじいちゃんは、連《つ》れてかれちゃったの」

「あなたの友だち？」おどろいたお母さんが、信《しん》じられないという口調で聞きかえした。

「友だちってだれ？」

「イオランダ・レポヴィック」

「まあ！　あの子は、あなたの友だちじゃありません。なんてことを言うの！　ただのクラスメートでしょ。ぜったいになかよくしちゃ、だめよ」

「どうして？」

「だめなものはだめなの。シラミをうつされたり、悪い言葉を教えられたりしたら、こまるでしょ」

「プリスカおばあちゃんは、いまのお墓《はか》から出されることはないから、安心しなさい」と、お父さんが二人の仲《なか》をとりもつように言った。「あのお墓《はか》は、先祖代々《せんぞだいだい》わが家のものだ。うちで買った土地だから、このまま何百年も先までずっと使いつづけられる。おまえのクラスメートのおじいちゃんは、自分たちのお墓《はか》でなく、貧《まず》しい人たちのためにもうけられた墓《はか》を使っていたのだろう。お墓《はか》を使えるのは九年間と法律《ほうりつ》で定められていて、そのあとは、べつの人に場所をゆずらないといけないんだ。それで、共同墓所《きょうどうぼしょ》に入れられることになる」

「死んじゃった人は、どうせそんなことには気づきもしないさ」ガブリエレ兄さんが、プリスカをなぐさめようとして言った。

「だからって、あんなふうにごちゃまぜにするなんて！　最後《さいご》の審判《しんぱん》〔世界が終わるとき、神が人間のこれまでの行いをみて、天国へ行くか地獄《じごく》におちるかを決めるという信仰《しんこう》〕の日に、ちがう人の足をつかんじゃったらどうするの？」骨《ほね》がむやみやたらと積《つ》みあげられた光景《こうけい》を思いだしながら、プリスカが抗議《こうぎ》した。

「ぶきみなことを言わないで！　その話はもうやめなさい！」お母さんが命令《めいれい》した。「いいこと？　二度とそんな話はしないでちょうだい。食欲《しょくよく》がなくなってしまうわ」

ふと気づくと、もうとっくにお昼ごはんの時間だった。その日はアントニアが、死者の日に食べる特別《とくべつ》なお菓子《かし》を焼《や》いてくれることになっていた。

4　お話じょうずのアントニア

アントニアは、お菓子《かし》をつくるのもプロ級の腕前《うでまえ》だったけれど、それだけでなく、死者や幽霊《ゆうれい》、のろわれた魂《たましい》などが登場する、こわい話がとてもじょうずだった。

小さかったころ、ガブリエレとプリスカはこわい話が大好《だいす》きで、午後じゅうずっとキッチンにいりびたって、アントニアがアイロンをかけたり、グリーンピースのさやをむいたりしながら、お話をしてくれるのを聞いていた。いくら聞いてもまだ足りなくて、「お願《ねが》い、もうひとつお話して！」とせがむのだった。

とりわけ印象的《いんしょうてき》だったのは、夜中になると死神を乗せた黒い馬が、次の日に死ぬ運命にある人の家のまわりを、速足《はやあし》で三周《しゅう》するというお話だった。もし、しーんと静《しず》まりかえった夜中に、リズミカルな馬のひづめの音とひひーんという不吉《ふきつ》ないななきが聞こえたら、その家のだれのところに死神が来たのかわからないから、全員が心の準備《じゅんび》をしなければいけない。

それと、聖《せい》ウルスラが信者《しんじゃ》たちのところにやってきて、指の関節《かんせつ》でドアをたたいて予言をするという話もあった。一回たたいたときは、重い病気にかかるか事故《じこ》にあう可能性《かのうせい》が高い。二回のときには、教会に行って自分のこれまでの罪《つみ》を告白《こくはく》したあと、遺言状《ゆいごんじょう》を書いて、身のまわりのものの整理をはじめたほうがいい。三回のときには、どうすることもできない。夜が明ける前に死神がやってくるから、魂《たましい》を神さまにゆだねるしかなかった。

あとこわかったのが、夜な夜な墓地《ぼち》にしのびこんでは、死んでお墓《はか》にうめられたばかりの人の服をぬすみ、それを売りさばくおばあさんの話だった。ある晩《ばん》、そのおばあさんが見つけた死体は、かなり腐敗《ふはい》が進んでいたので、靴下《くつした》をひっぱったら、足がそっくりくっついてきた。けれど、見つかったらまずいと思ってあわてていたおばあさんは、そのまま足ごと家まで持って帰ってしまう。次の晩《ばん》、おばあさんが寝《ね》ていると、死者が自分の足をとりかえしにやってくる。おばあさんは階段《かいだん》をのぼったところの部屋で眠《ねむ》っていた。暗やみのなかで、死者が首に結《むす》びつけている小さな鐘《かね》の音と、あの世からの声がひびく。

からんころんからん！　やっとあと五段《だん》のところまで来たぞ
わたしの足と靴下《くつした》を返しておくれ

そして、あと四段《だん》、あと三段《だん》、あと二段《だん》、あと一段《だん》と近づいていき、とうとう死者が部屋に入ってくる。恐怖《きょうふ》にこおりついて、ベッドで身動きできなくなっていたおばあさんは、けっきょく、つぎはぎだらけのネグリジェを着たまま、地獄《じごく》までひきずられてしまうのだ。しかも、死体の超人的《ちょうじんてき》な力に抵抗《ていこう》しようと、必死《ひっし》でしがみついていたマットレスごと。

ジョヴァンニーノ・コワイモノ・シラーズの話もあった。友だちと賭《か》けをしていたジョヴァンニーノは、埋葬《まいそう》されたばかりの死者に、フェンネル〔タマネギに似《に》た野菜《やさい》。ウイキョウのこと〕とパンのスープを届《とど》けるため、真夜中に墓地《ぼち》へ行く。白い布《ぬの》をかぶったおどろおどろしいすがたの死者が、コの字にまがった腕《うで》を伸《の》ばしてくると、ジョヴァンニーノはスープの入った器《うつわ》をさしだして、やさしく言うのだ。

「熱《あつ》いから、ふーふーして飲んでね。じゃないと、やけどするよ！」

アントニアの腕《うで》や足には、むらさき色の大きなあざができていることがよくあったのだけれど、アントニアはそれを、夜中に寝《ね》ているあいだに死人があらわれて、つねられたあとだとプリスカとガブリエレたちに説明《せつめい》していた。

プリスカとガブリエレは、いくらお話を聞いても、あきることはなかった。

「もっと！　もっとお話を聞かせて！」興奮《こうふん》のあまり背《せ》すじをぞくぞくさせながら、二人はお願《ねが》いした。恐怖《きょうふ》を感じて心臓《しんぞう》がどきどきしたけれど、それは頭のなかだけの恐怖《きょうふ》だとわかっていたから、心地《ここち》よくもあった。お日さまだってまだ高いし、安心できるキッチンでみんなといっしょなのだから。

ところが夜になると、二人はどうしても明かりを消せなくなって、どちらか一方のベッドにもぐりこむことになった。ようやく眠《ねむ》れたと思っても、たまらなくおそろしい夢《ゆめ》を見て、恐怖《きょうふ》のあまりさけび声をあげ、自分の声で目を覚《さ》ますのだった。

お母さんは、はじめのうち、子どもたちがなぜそんなにこわい夢《ゆめ》ばかり見るのか、さっぱりわからなかった。ところが、ある日、とうとうその理由をつきとめた。そこでアントニアを呼《よ》び、「野蛮《やばん》で迷信《めいしん》じみた、くだらない話」で子どもたちの頭をいっぱいにするなと、きびしく注意した。そんなふうに言われて腹《はら》を立てたアントニアは、きっぱりと誓《ちか》った。

「わかりました。もうなにも話しません。こんど話をしたら、舌《した》がからからに干《ひ》からびるということでも結構《けっこう》です」

けれど、時《とき》すでに遅《おそ》しで、アントニアから聞いた話は、プリスカとガブリエレの記憶《きおく》にしっかりときざみつけられていた。

5 「世にもぶきみな話」(プリスカの物語)

お墓参《はかまい》りに行った日の晩《ばん》、寝《ね》る準備《じゅんび》をしようとしていたプリスカは、とてもじゃないけれど、電気を消した部屋に一人でいる気分にはなれないと思った。まわりが暗くなったとたん、午前中に納骨堂《のうこつどう》で見たごちゃごちゃの骨《ほね》の山が、目の前にあらわれるに決まっている。というよりも、いまごろはもう骨《ほね》がベッドの下にかくれていて、プリスカの足をひっぱってやろうと待ちかまえているかもしれない。

そんなことが現実《げんじつ》に起こるはずはなくて、たまらない恐怖《きょうふ》は、たんに自分の想像力《そうぞうりょく》から生まれたものだと頭ではわかっていたけれど、それでも恐怖《きょうふ》にうちかつことはできなかった。

そこで、パジャマを着て歯をみがくと、自分の部屋へ行くかわりに、ガブリエレ兄さんの部屋に入っていった。兄さんは、次の日に使う教科書をそろえていた。

「きょうは、ここでいっしょに寝《ね》てもいい?」

「だめに決まってるだろ！　おまえ、でっかくなったから、ベッドがせまくるしくなる。それに、夜中にけとばされるから、いやだ」

「ソファーで寝《ね》るならいいでしょ？」

「あしたの朝、体じゅうが痛《いた》くなっても知らないぞ。まあ、勝手にしろ」

ガブリエレ兄さんの言ったとおり、ソファーでの寝《ね》心地《ごこち》はちっともよくなかった。兄さんが深い寝息《ねいき》をたてはじめてから一時間以上《いじょう》しても、プリスカはまだ、苦悩《くのう》をかかえた人のように何度も寝返《ねがえ》りを打っていた。足が一瞬《いっしゅん》でもたれさがったら、ソファーの下から冷《つめ》たい手がぬっと伸《の》びてきて、つかまれるのではないかと気が気でなかったせいでもある。

とうとうプリスカは、サイドテーブルの小さなライトをつけて起きあがった。そして、ガブリエレ兄さんのつくえにむかい、マス目の入ったノートはないか、引き出しをあさってみた。レオポルドおじさんにもらった手帳をとりに、廊下《ろうか》を通って自分の部屋までもどる勇気《ゆうき》がなかったのだ。それでも、すてきなお話を思いついたので、そのまま放っておいて半分以上《いじょう》わすれてしまう前に、どうしても書きとめておきたかった。

プリスカはつくえのライトをつけた。どうせガブリエレ兄さんは、いったん寝《ね》てしまえば、たとえ大砲《たいほう》が鳴ったって起きやしない。プリスカはペンをにぎると、一気に書きはじめた。

むかしあるところに、お金持ちのきぞくの女の人がいました。アルピア・スフェルツァという名前です。ある冬の夜、スフェルツァ夫人《ふじん》は、自分の家の前の石だんにおいてあるかごを発見しました。かごの中には、生まれて三か月か四か月くらいの女の赤ちゃんが入っていました。赤ちゃんのよだれかけには、メモがピンでとめてありました。

「この子の名前はアナスタシアです。どうか、めんどうをみてやってください」と、書いてありました。

夫人《ふじん》は、かごを思いっきりけとばしました。石だんから落として、通りの雪のなかにほうりだそうとしたのです。そのとき、赤ちゃんの足もとに、べつのメモがついた小さな包《つつ》みがあるのを見つけました。メモには、「この子の養育《よういく》のために使ってください」と、書いてありました。

包《つつ》みの中には、びっくりするくらい高い宝石《ほうせき》やアクセサリーが入っていました。それを見たアルピア・スフェルツァ夫人《ふじん》は、すてられていた赤ちゃんをひきとって、育てることにしました。でも、自分のむすめとして育てたのではありませんでした。赤ちゃんが歩けるようになると、すぐにほうきを持たせて、女中をさせることにしたのです。スフェルツァ夫人《ふじん》の家には、ほかにもたくさんの女中がいましたが、アナスタシアはいちばん小さかったので、いつもいちばんきたなくて、たいへんな仕事を言いつけられました。

アナスタシアが七さいになったとき、死ぬまでこんなことをしてられないと思い、反こうすることにしました。命令《めいれい》されるたびに、どんな命令《めいれい》でも、「いやです。やりません」と答えようと決めたのです。

すると、夫人《ふじん》はアナスタシアのことを、まず手でひっぱたきました。それでも言うことを聞かないので、じょうぎでたたいたり、むちで打ったりしました。それでもだめだったので、こんどは食べものをあげませんでした。そして、くつもとりあげて、雪が積《つ》もっているのに、はだしで外を歩かせました。それでもまだ、アナスタシアはがんこに、「いやです。やりません」と、答えました。

そこで夫人《ふじん》は言いました。

「わかりました。では、あなたにはお父さんもお母さんもいないみたいですから、おはかにつれていきましょう。そうすれば、あなたのご両親があらわれて、もっと聞き分けのいい子になるように、お説教《せっきょう》をしてくれるでしょう。夜のあいだずっと、おはかに一人でいるのです。あしたの朝になればきっと、『いやです。やりません』なんて答えなくなるでしょう」

外が暗くなるのを待って、夫人《ふじん》はアナスタシアをおはかにつれていきました。おはかに入れたら、門を閉《し》めて、かぎをかけて、そのままおいて帰ろうと考えたのです。ところが、アナスタシアは力いっぱい夫人《ふじん》のスカートにしがみついて、自分のほうにひっぱりました。ちょうどそのとき、門が閉《し》まり、ひとりでにかぎがかかってしまいました。そして、二人ともおはかに閉《と》じこめられてしまったのです。

それでもアナスタシアは、べつにこわいとは思いませんでした。これまでのくらしより悪くなることはないと考えていたからです。でも、スフェルツァ夫人《ふじん》は、歯をガタガタならしてふるえていました。

「遠くに行かないで!」と、アナスタシアに命令《めいれい》しました。

「そばにいて、手をつないでちょうだい」

ところが、アナスタシアはその手をふりきって、つばさをひろげた大きな天使の大理石のぞうがあるおはかのほうに走っていきました。女の子が走ってくるのを見た天使は、台からおりてきて、その子をだきしめようと、こしをかがめました。

「しっかりつかまって」と、天使は言いました。

「これから空を飛《と》んで、おはかの門をこえるからね。どこか行きたい場所はある？」

「あたしのことを本当のきょうだいみたいに思ってくれる、心のやさしい子どものいる家に行きたい。でも、その前にスフェルツァさんの家によって、宝物《たからもの》の残《のこ》りをとりかえすの」

天使がその大きなつばさではばたくと、あたりの空気がはげしくうずをまきました。そして、天使は空高くまいあがりました。アルピア・スフェルツァ夫人《ふじん》は、金切《かなき》り声《ごえ》をあげながら走って追いかけました。

「まって！　わたしをおいていかないで！　このおそろしい場所からわたしを出すのです！」

でも、天使は言うことを聞きませんでした。

一人ぼっちになったスフェルツァ夫人《ふじん》は、おはかの石のふたがみんないっぺんに、そろりそろりと持ちあがるのに気づきました。

「助けて!」と、ひめいをあげて、近くの木によじのぼろうとしました。

でも、あまり運動しんけいがよくなかったのと、かかとの高いくつと、ぴっちりしたタイトスカートをはいていたので、なかなかのぼれません。

そこでスフェルツァ夫人《ふじん》は、おはかの通路にそって走りはじめました。そのあいだもずっと、夫人《ふじん》のうしろから、はか石《いし》の音が追いかけてきます。かたり、ことり、かたり……。むがむちゅうでにげていたスフェルツァ夫人《ふじん》は、のうこつどうのところまで来ました。でも、それがなんの建物《たてもの》か知らなかったので、かくれるのにちょうどいい小さな家だと思ってしまいました。それでドアを開けて、中に飛《と》びこんだら、ごちゃごちゃに積《つ》まれた、ほねの山にうまってしまったのです。

かたり、ことり、かたり……。ドアから、ネグリジェを着た、わかい女の人の石ぞうが顔を出しました。長いかみの毛をたらして、うでにははだかの男の子(この子も石ぞう)を抱《だ》いています。

「ここにあるほねをぜんぶ整理しおわるまで、あなたをここから出しません」と、石ぞうはスフェルツァ夫人《ふじん》に言いました。

「一本残《のこ》らず組みなおすのです。たとえ小さなほね一本でも足りなければ、ここから出しませんよ」

スフェルツァ夫人《ふじん》はどうしていいかわからなくて、なきだしました。

「そんなこと、できるわけがないわ」

すると石ぞうが言いました。

「じゃあ、少しだけ助けてあげましょう。おなじ人のほねをたばねるために、これを使いなさい」

そして、大きな赤い毛糸の玉を投げました。

アルピア・スフェルツァ夫人《ふじん》は、それから一年半をかけて、山のように積《つ》まれていたほねをぜんぶ整理しました。でも、最後《さいご》のガイコツの分だけ、足のほねが一本どうしても見つかりません。

「あなたがなくしたのですね？　注意しないからそういうことになるのです。よくさがしなさい！」

石ぞうは言いました。でも、そう言っていたのは、スフェルツァ夫人《ふじん》をいじめるためでした。だって、足が一本足りないのは、最初《さいしょ》からわかっていたのですから。そのガイコツは、しょうい軍人《ぐんじん》のものでした。戦争中《せんそうちゅう》に右の足にケガをして、切断《せつだん》しなければならなかったのです。ケガをしたのはロシアのどこかの戦地《せんち》で、足はそこにうめられました。そのあと、兵士《へいし》は松葉《まつば》づえをついてイタリアに帰ってきました。死んだのはそれから何年もあとで、そのおはかにうめられたのです。

スフェルツァ夫人《ふじん》はなきながら言いました。

「あちこちさがしたけれど見つからなかったの」

けっきょく、石ぞうはこう言いました。

「どうしてもここから出たかったら、あなたの足のほねを一本、あのガイコツにあげるしかないですね」

「でも、そんなことをしたら、わたし

はどうなるの？」

「松葉《まつば》づえで歩けばいいじゃないですか」

そう答えたのですが、なんだか少しかわいそうになって、言いたしました。

「あなたが、あのガイコツに足をかたっぽあげたら、かわりにわたしの足をかたっぽ、あなたにあげましょう。わたしにとっては一本でも二本でもおなじことです。ネグリジェを着ていると、見えませんからね」

こうしてアルピア・スフェルツァ夫人《ふじん》は、一年半ぶりにやっと家に帰ることができました。げっそりとやせほそり、顔も青白く、かみも真っ白でした。それか

らというもの、いつも地面にとどきそうなくらい長いスカートをはいて、かた足をひきずって歩いていました。そして、たとえば映画館《えいがかん》とかで、だれかがスフェルツァ夫人《ふじん》の注意をひこうとして右足をけると、その足がとてもかたくて冷《つめ》たいので、びっくりするのでした。

最後《さいご》まで書きおえたプリスカは、心の底《そこ》から満足《まんぞく》していたけれど、死にそうなくらいへとへとだった。ベッドの下のマットでうずくまるように横になると、ふとんの代わりに、ガブリエレのガウンをかぶった。そして、そのまま朝までぐっすり眠《ねむ》ったのだった。かたくてごつごつの床《ゆか》も、ちっとも気にならなかった。

12 月
DICEMBRE

1　クリスマスプレゼントの「予約合戦《よやくがっせん》」

毎年恒例《こうれい》のことだけれど、今年も十二月の九日から十日にかけての夜、ロザルバのお父さんのお店のショーウィンドウからは、洋服が消えて、おもちゃでいっぱいになった。その日、四年Ｄ組の子どもたちはみんな、席《せき》にすわっていても、ウナギのように体をくねらせて落ち着かなかった。その日は短縮授業《たんしゅくじゅぎょう》で、いつもより一時間早いはずなのに、授業《じゅぎょう》の終わりのチャイムの鳴る十二時が待ちきれなかったのだ。

それは、町じゅうの子どもたちにとって特別《とくべつ》な日だった。一時間早く学校を出られるだけでなく、お昼ごはんを食べに家に帰るのが少しばかり遅《おそ》くなっても、しかられない。

みんなが先をあらそって《子どもたちのパラダイス》のショーウィンドウにむかうのは、ただおもちゃが見たいからだけではない。「予約合戦《よやくがっせん》」という重大な問題があった。

というのも、ショーウィンドウにかざられているおもちゃのなかで、とびっきりすてきなものや高級なものは、カルダーノさんのお店には少ししか入荷《にゅうか》しないのだ。一点しか入らないものもあった。

ロザルバは、文句《もんく》を言ってくるクラスメートたちに、品不足《しなぶそく》の理由をもう何百回となく説明《せつめい》していた。

「倉庫《そうこ》の棚《たな》には、クリスマスが終わったら、またお店にならべなくちゃいけない洋服が天井《てんじょう》までいっぱいつまっているの。だからパパは、場所をとるおもちゃを十個《こ》も二十個《こ》も注文できないのよ。それでなくても、倉庫係《そうこがかり》のピラスさんは保管場所《ほかんばしょ》がなくてこまってるんだから」

そういうわけで、ショーウィンドウにかざられている一個《こ》しかなさそうなおもちゃが欲《ほ》しかったら、ほかの希望者《きぼうしゃ》に早さで勝つよりほかに方法《ほうほう》がなかった。お父さんかお母さんを説得《せっとく》して、急いで《子どもたちのパラダイス》へ行ってもらい、人形か電車かブロックか自転車かわからないけれど、欲《ほ》しいおもちゃを「おさえる」ために前金《まえきん》を払《はら》ってもらえれば、カルダーノさんがそれをほかの人に売る心配はなくなる。みんながよけいな期待をしないですむよう、そのおもちゃには「売約済《ばいやくず》み」と書かれた紙が貼《は》りつけられるのだった。そうなったらもう、予約《よやく》したのが自分の両親か親戚《しんせき》でないかぎり、そのおもちゃとは泣《な》く泣《な》く別《わか》れを告《つ》げなければならなかった。

たいていの大人たちは、ことの重要性《じゅうようせい》を理解《りかい》していた。たとえばエリザの場合、うちに帰ってどのおもちゃを選《えら》んだのかを伝《つた》えれば、その日の午後にはさっそく、マリウッチャおばあちゃんか三人のおじさんのうちのだれかが、クリスマスプレゼントのために前金《まえきん》を払《はら》いに行ってくれる。どちらかというと、エリザのほうがいつまでたっても決められなくて、ついつい遅《おそ》くなってしまうのだった。あれもこれも欲《ほ》しい気がするし、おじさんたちにあんまりたくさんお金を使わせるのも気がひけた。

もともと小さいころのエリザの趣味《しゅみ》は、みんなとぜんぜんちがっていた。

「この子の趣味《しゅみ》は、本当に安あがりだよ」と、マリウッチャおばあちゃんは、エリザが選《えら》んだプレゼントをきれいな包装紙《ほうそうし》で包《つつ》みながら、言った。

それは、メーカーから付録《ふろく》として送られてくるもので、ただだったのだ。なにかというと、フレッテ社という洋品メーカーのカタログで、下着のページには、パンツとシャツすがたのさまざまな年齢《ねんれい》の男の人や女の人や子どものイラストがたくさんあった。エリザはそれにパステルで色をぬってから、のりで厚紙《あつがみ》に貼《は》りつけて、ていねいに切りとった。そのとき、折《お》りまげて台座《だいざ》がつくれるように、足の下の部分を少し残《のこ》しておく。それから、べつの白い紙の上にのせて、鉛筆《えんぴつ》でりんかくを写し、いろいろなパターンの洋服をいくつも描《か》く。それを、両肩《りょうかた》のところに小さな折《お》り返《かえ》しをひとつずつつけて切《き》り抜《ぬ》けば、着《き》せ替《か》え人形として遊べるのだった。

エリザはこれまでにもう、そんな着《き》せ替《か》え人形の「家族」と、それぞれの服一式を靴《くつ》の空き箱に入れたものを、四箱か五箱は持っていた。それでも、新しいカタログの到着《とうちゃく》が待ち遠しくてたまらなかった。

カタログのなかでエリザがとくに好《す》きだったのは、赤ちゃん用品のページだった。起きている赤ちゃんに眠《ねむ》っている赤ちゃん、笑《わら》っている赤ちゃんや大きな口をあけて泣《な》いている赤ちゃん、とにかくいろいろな赤ちゃんがいた。なかには、タオルケットにくるまって自分の足の指をくわえている赤ちゃんまでいた。エリザのカタログ好《ず》きは、プリスカにまで伝染《でんせん》していた。

「あなたたち二人は、本当に変《か》わってるわね」とプリスカのお母さんは言っていた。「磁《じ》器《き》のお人形やフェルトのお人形よりも、紙の人形が好《す》きだなんて……」

いっぽう、ロザルバは言うまでもなく特権的《とっけんてき》な立場にあった。メーカーに注文を出す前の九月には、その年のおもちゃのカタログに目を通すことができた。けれど、カタログの絵や写真だけを見て、自分の欲《ほ》しいおもちゃを決めるという危険《きけん》なまねは、最近《さいきん》ではしなくなっていた。前に、すごくきれいで、がんじょうで、細かいところまでよく仕上がっているように見えた人形の家を注文したら、色あせた段《だん》ボールでできた安っぽいのが届《とど》いて、一週間もしないうちにぼろぼろになってしまったことがあったのだ。べつの年には、「ちびっこ化学者」セットを注文したら、空きびんが何本か入っていただけで、実験《じっけん》なんてぜんぜんできなかったこともあった。それでもロザルバは、「いいや、だめだね、おじょうちゃん。いまさら意見を変《か》えてもらってはこまるよ」とお父さんに言われて、そのおもちゃを受けとるしかなかった。

こうしてロザルバは、サルデーニャ島まで、イタリア本土からおもちゃの大きな荷物がいくつも届《とど》くのを待ってから、選《えら》ぶようになった。届《とど》いた荷物をお店に運びこむのを手伝《てつだ》い、ピラスさんが商品を整理しているあいだ、ロザルバはじっくりと一つひとつのおもちゃを品定《しなさだ》めするのだ。それでも、ほかの子どもたちより三日も早くおもちゃを選《えら》べた。

そのことを知っていたクラスメートたちは、なんとかして前もって情報《じょうほう》を教えてもらいたくて、十二月に入るとロザルバにつきまとうようになった。エステルなんて、ショーウインドウのかざりつけがはじまる前に倉庫《そうこ》に入れてくれるなら、女優《じょゆう》のブロマイドのコレクションをあげるとまで言いだした。それでもロザルバは、そんな不公平《ふこうへい》なことはできないと、きっぱり断《ことわ》った。

それに対して、ズヴェーヴァ・ロペス・デル・リオは、競争《きょうそう》にはいっさい加《くわ》わらなかった。それよりも、みんなを見くだすような笑《え》みを浮《う》かべて、「わたしは、すごく高級なものにしか興味《きょうみ》がないの」と言っていた。「この町は貧《まず》しい人たちばかりだから、どうせうちのパパとママにしか買えないわ。だから、べつに急ぐ必要《ひつよう》もないでしょ?」

プリスカやロザルバがむちゃくちゃ腹《はら》が立ったのは、じっさいにズヴェーヴァが言ったとおりになることだった。ただし、それはロペス・デル・リオ家が本当に町でいちばんのお金持ちだったからではなく、そんなふうに子どもをあまやかすのは、ロペス・デル・リオ家しかなかったからだ。

ところがその年は、ショーウィンドウにかざられた人形のうち、いちばん高級な人形がものすごく愛《あい》くるしくて、エリザもプリスカもすっかり心をうばわれてしまった。その気持ちはほかの四年D組の子たちもおなじだったし、きっと町じゅうのどの学校の女子も、おなじだったにちがいない。一歳《さい》ぐらいの女の子をかたどった等身大の人形で、とにかく、すごくかわいかった。なにより、服の下のおなかのあたりにかくれているネジをまわすと、腕《うで》や足を動かしながら、かわいらしく首をかしげて、あまったれた声で「ママ、ねむいよ。

おねんねしよう」と言うのだ。

だれよりも早く、まだ箱に入っているうちからその人形に目をつけていたロザルバは、自分のものにしたいと思ったものの、「うちは億万長者《おくまんちょうじゃ》じゃないんだぞ」とお父さんに言われて、あきらめるしかなかった。たしかにその人形は、ぴったり一万リラもの値段《ねだん》だった。

そのため、ふだんはショーウィンドウのおもちゃには値札《ねふだ》をつけない主義《しゅぎ》のカルダーノさんも、子どもたちが勘違《かんちが》いしないように、その人形にだけは服のところに値札《ねふだ》をつけておいた。それを見た町の女の子たちはみんな、プリティー・ドール（それがこの人形の名前だった）に対する自分のあこがれが、片想《かたおも》いに終わる運命にあることを思い知らされたのだった。

ただひとり例外《れいがい》だったのがズヴェーヴァで、あのすてきなお人形が自分のものになったらあれもこれもするんだ、とみんなに言ってまわり、クラスメートたちをうらやましがらせた。しかもズヴェーヴァは、それが自分のものになると信《しん》じてうたがわなかった。そして、早くもみんなにいろいろと交換条件《こうかんじょうけん》を持ちかけていた。

「テストの答えを写させてくれたら、あの人形を三十分抱《だ》っこさせてあげてもいいよ」

とか、「猫《ねこ》のヘアピンをくれたら、お人形を動かすネジを巻《ま》かせてあげる」とか。そして、いかにも得意《とくい》そうな口ぶりで、こう言いそえた。「このお人形がしまえるように、うちのおもちゃのたんすを整理しなくちゃ。ちょうどいいタイミングで、先生が、貧《まず》しい家の子どもたちに寄付《きふ》するおもちゃ用の段《だん》ボール箱《ばこ》を教室に置《お》いてくれたから、あそこに入れればいいんだ。いくら古いお人形にあきたからって、捨《す》てちゃうのはもったいないもん」

2　四年D組、クリスマスの寄付《きふ》集《あつ》めをする

クリスマスの前に段《だん》ボール箱《ばこ》を教室において、貧《まず》しい家の子どもたちへの寄付《きふ》を集めるというのは、讃美《アドラツィオーネ》女子学園小学校の毎年恒例《こうれい》の行事で、プリスカたちの通う聖《せい》エウフェミア小学校では、一度もしたことがなかった。それを教室に持ちこんだのは、スフォルツァ先生だった。

十二月一日、スフォルツァ先生にしてはめずらしく、やさしいけれど、どこかさびしげな口調でこう言った。

「みなさん、あとひと月もしないうちにクリスマスですね。きっとほとんどの人が、プレゼントのリストを考えていることでしょう。そして、クリスマスパーティーに着る新しいお洋服、おいしいケーキやお料理《りょうり》を想像《そうぞう》して、わくわくしているのではないでしょうか。ですが、クリスマスというのは隣人《りんじん》と手をつなぎ、すべてを分かちあうお祭りだということをわすれてはいけません。そこで、貧《まず》しい子どもたちにわたすプレゼントをみんなで考

えましょう。クリスマス直前になってあわてるのではなく、今晩《こんばん》からさっそく、おうちのたんすや物置《ものおき》、天井裏《てんじょううら》などで眠《ねむ》っている、もう使わなくなったおもちゃなどを探《さが》してみてください。お母さんと相談して、着なくなった洋服やセーターや帽子《ぼうし》、小さくなった靴《くつ》を持ってくるのでもかまいません。教室に、大きな段《だん》ボール箱《ばこ》を二つ用意します。ひとつには服や帽子《ぼうし》や靴《くつ》を、もうひとつにはおもちゃを入れましょう。どちらもふちまでいっぱいにできるように。みなさんからの、幼子《おさなご》イエスへの寄付《きふ》だと思ってください。イエス・キリストの生まれたベツレヘムの洞窟《どうくつ》に、羊飼《ひつじか》いたちが届《とど》けた贈《おく》りものとおなじです」

ほとんどの生徒《せいと》が、先生の話を聞いて心を動かされた。〈ごきげんとり〉の列には、目に涙《なみだ》を浮《う》かべる子までいた。

こうして次の日にはさっそく、プレゼントが集まりはじめた。やがて、べつにだれが言いだしたというわけでもなく、プレゼントをいちばんたくさん持ってくるのはだれか、という競争《きょうそう》がはじまった。先生は専用《せんよう》のノートまで用意した。だれがなにを持ってきたかを書きとめて、持ってきた子をほめそやすのだ。

「すばらしいわね。あなたの小さな自己犠牲《じこぎせい》は、いつの日かかならず報《むく》われるでしょう。あなたが天国に行ったときに、その分の宝物《たからもの》を受けとれるのです」

天国というところは、「宝物《たからもの》」についてものすごくおかしな考え方をしているのね、とプリスカは思った。というのも、段《だん》ボール箱《ばこ》に入れられたプレゼントのほとんどが、プリスカに言わせればガラクタ同然《どうぜん》だったのだ。箱の中身は日ごとに増《ふ》えていったけれど、それは、むかしプリスカの家族が引《ひ》っ越《こ》しをしたときの、古いほうの家においてきた不用品《ふようひん》の山みたいだった。

なかでも、ひときわ古ぼけた品物は、ほとんどズヴェーヴァが持ってきたものだった。おまけにズヴェーヴァは、寄付《きふ》したものの数もいちばん多かった。

「あの子、自分のうちのたんすにある不用品《ふようひん》を、全部片《かた》づけるつもりみたいね」ロザルバが、ゆるせないというように言った。

段《だん》ボール箱《ばこ》には、足や髪《かみ》の毛《け》がもげた人形や、顔のへこんだ人形、色のあせた人形だけではなく、セルロイド人形の足だけというのや、手だけというのまで入っていた。ぬいぐるみは毛がはげていたり、目がとれていたり、つめものがなくなってくたくたになっていたりするものばかり。半分にやぶれたすごろくゲーム、駒《こま》のないチェッカーゲームのボード、底《そこ》のぬけた乳母車《うばぐるま》、タイヤもハンドルもなくなった三輪車《さんりんしゃ》……。バネ仕掛《じか》けのコマなんて、バネが伸《の》びきっていた。

洋服もおなじことで、ほつれていたり汚《よご》れていたり、なかには、すりきれてあまりにうすくなっているので、クモの糸でできてるんじゃないかと思うようなものまであった。片《かた》方《ほう》だけの靴《くつ》とか、何度も洗《あら》ったせいでちぢんでごわごわになり、二歳《さい》ぐらいの子でないととても着られそうにないセーターまであった。

「こういうことは、気持ちが大切なのです」批《ひ》判的《はんてき》なまなざしのプリスカと目が合うと、先生はそれをはねのけるように言った。

「ベツレヘムの洞窟《どうくつ》に、羊飼《ひつじか》いたちがこんなものを持ってきたら、さすがの幼子《おさなご》イエスも投げかえすよね」ロザルバがささやいた。

ロザルバはといえば、すごくきれいな車輪《しゃりん》つきの張《は》り子《こ》の馬に、泣《な》く泣《な》く別《わか》れを告《つ》げることにした。小さいころにもらって、大切にしていたもので、何度もキスをしたせいで鼻づらと耳のところが少し色あせていた。そこで、お母さんにたのんで油絵《あぶらえ》の具《ぐ》で色をぬりなおしてもらったら、まるで新品のようによみがえった。

プリスカは、ベルトのついた、真新しいよそゆきの黒いエナメルの靴《くつ》を持ってきた。

「本当に寄付用《きふよう》の箱《はこ》に入れていいのですね？」その靴《くつ》を見たスフォルツァ先生は、確認《かくにん》せずにはいられなかった。

「そのために持ってきたんです」

「お母さんといっしょに決めたのですね？」

「もちろんです！」

けれど、それは大うそで、プリスカひとりで、だれにも相談せずに決めたことだった。

「あたしの靴《くつ》なんだから、あたしの好《す》きなように使っていいはずよ」と考えたのだ。

心が痛《いた》まなかったわけではない。というのも、プリスカはその靴《くつ》が大《だい》のお気に入りだったし、テレザおばあちゃんに買ってもらったばかりだった。しかも、オペラの季節《きせつ》になっておじいちゃんに市立劇場《しりつげきじょう》へ連《つ》れていってもらうとき、ワインレッドのビロードのワンピースを着て、この靴《くつ》をはいて行きなさいねと言われていた。イネスもその靴《くつ》がひと目で気に入って、プリスカが試《ため》しにはいてみせると、おがむように両手を合わせて感激《かんげき》した。

「もし、あたしが子どものときにそんな靴《くつ》をもらったら、うれしくてうれしくて頭がどうかしちゃっただろうな！」

山あいの村で育ったイネスは、子どものころ、いつだってはだしで飛《と》びまわっていた。五年前、住みこみの子守《こも》りとしてプントーニ家にやってきたときも、やっぱりはだしだった。プリスカは、まだ学校にもあがらないほど小さかったにもかかわらず、イネスがはじめてうちに来た日のことをはっきりと覚《おぼ》えていた。

終戦直後《しゅうせんちょくご》のことで、羊飼《ひつじか》いや農民《のうみん》の住むサルデーニャ島の内陸《ないりく》の村々では、男の人たちが戦争《せんそう》に行ったきり帰っておらず、どの家もひどく困窮《こんきゅう》していた。そのため母親たちは、娘《むすめ》がまだ小さなうちから都会へ連《つ》れていき、住みこみで働《はたら》かせていたのだ。お給料《きゅうりょう》は安かったけれど、お金のためというよりも、裕福《ゆうふく》な家庭にあずければ毎日ごはんをちゃんと食べさせてもらえるからだった。

当時十三歳《さい》だったイネスは、母親につきそわれてプントーニ家にやってきた。母親は、黒いロングスカートに頭から黒いストールをかぶった、全身黒ずくめの格好《かっこう》だったので、『白雪姫《しらゆきひめ》』の魔女《まじょ》を連想《れんそう》させた。その何日か前、プリスカとガブリエレは、レオポルドおじさんに連《つ》れられて、エリザといっしょに映画館《えいがかん》に行った。そのときに見たのが、ウォルト・ディズニーのアニメ、『白雪姫《しらゆきひめ》』だったのだ。

イネスは、それとは対照的《たいしょうてき》に、白い服を着ていた。一着しかない、よそゆきのワンピースで、三年前の堅信式《けんしんしき》〔幼《おさな》いころに洗礼《せんれい》を受けた子どもが、洗礼《せんれい》の約束《やくそく》を新たにし、信仰《しんこう》を宣言《せんげん》する儀式《ぎしき》〕のときに着たものだった。三年のあいだにつんつるてんになり、胸《むね》がふくらみはじめたせいもあり、とくにわきの下のあたりが、はじけそうなくらいきつそうだった。

内陸《ないりく》の村から長距離《ちょうきょり》バスに乗ってやってきた母娘《ははこ》は、二人ともはだしだった。ただし、母親は、爪先《つまさき》の部分がていねいに切ってある、女の子用の白い革靴《かわぐつ》をぶらさげていた。荷物はそれだけだった。

階段《かいだん》のおどり場の手すりにしがみついて、到着《とうちゃく》した母娘《ははこ》のようすをこっそりうかがっていたガブリエレとプリスカは、二人がはだしのまま、建物《たてもの》の玄関《げんかん》に入ってくるのを見た。階段《かいだん》をのぼって「やとい主《ぬし》」に会う前に、母親は床《ゆか》にひざまずき、娘《むすめ》の足を、その小さな白い靴《くつ》にむりやり押《お》しこんだ。いくら爪先《つまさき》の部分を切ってあるとは言っても、やっぱりきついらしく、イネスは足をひきずって歩いていた。

プリスカとガブリエレは大急ぎで家の中にひっこむと、玄関《げんかん》におかれたソファーの下にもぐりこんだ。そこにいれば、だれにも気づかれずに、新しく来た子守《こも》りの女の子とお母さんのやりとりを聞けると考えてのことだ。すると、とんでもなくびっくりすることを発見してしまった。イネスは、のりのきいた白いガーゼのワンピースの下に、なにも身につけていなかったのだ。パンツさえはいていなかった。

「この子は丈夫《じょうぶ》だし、家事ならひととおり、なんでもできます。もしも言いつけを守らないようなことがあったら、手かげんしないでひっぱたいてやってくださいまし」イネスのお母さんがプントーニ夫人《ふじん》に言った。「棍棒《こんぼう》で背中《せなか》をたたいてもかまいません。もし、泣《な》いてうちに帰ってくるようなことがあったら、わたしがお仕置《しお》きの続《つづ》きをしますから」

母親の心配に反し、イネスは最初《さいしょ》から言いつけにしがたってよく働《はたら》いたので、プントーニ夫人《ふじん》も、年輩《ねんぱい》のお手伝《てつだ》いさんのアントニアも、イネスにむかって手をふりあげる必要《ひつよう》は感じなかった。母親が帰ってしまうと、アントニアはまず、イネスをお風呂場《ふろば》へ連《つ》れていき、お湯をいっぱいにはって、消毒液《しょうどくえき》を入れたバスタブにしずませた。それから、歯の細かいくしを使って、髪《かみ》を何度もていねいにとかした。さいわい、心配していた毛ジラミはいなかった。イネスの髪《かみ》はカラスの羽のように黒くつややかで、腰《こし》までのびて、きれいだった。

それからレオポルド先生を呼《よ》び、イネスの健康診断《けんこうしんだん》をしてもらった。

「どこも悪いところはないようですね。すこぶる健康《けんこう》な娘《むすめ》さんです。ただし、栄養《えいよう》が少し不足気味《ふそくぎみ》です」レオポルド先生は、そんな診断《しんだん》をくだした。

ついでプントーニ夫人《ふじん》は、イネスを連《つ》れて靴《くつ》と下着を買ってくるようにと、アントニアに命じた。それから、ピンクと水色のブラウスをそれぞれ二枚《まい》ずつと、白のエプロンを四枚《まい》、洋裁師《ようさいし》さんに注文した。さらに、食卓《しょくたく》で給仕《きゅうじ》をするときには白い手袋《てぶくろ》をはめること、この家ではぜったいに方言を話さないことなどを教えた。とくに子どもたちの前では気をつけるように、と念《ねん》を押《お》しながら。こうしてイネスは、プントーニ家の一員となった。村にもどった母親は、それから数か月後に病気で死んでしまったし、父親はけっきょく戦争《せんそう》から帰らなかったので、イネスはプントーニ一家が自分の本当の家族だと思うようになった。

いまではイネスはすっかり自信《じしん》もつき、美しい娘《むすめ》に成長《せいちょう》した。言《い》い寄《よ》ってくる若者《わかもの》があとを絶《た》たないので、フィリッポの乳母車《うばぐるま》を押《お》して散歩《さんぽ》に出るときには、プリスカやガブリエレが、イネスのことを見張《みは》らなければならないほどだった。イネスは、プントーニ夫人《ふじん》が若《わか》いころに着ていた服をゆずり受けて着ていたのだけれど、それがイネスの美しさをさらにひき立てていた。

それでも、靴《くつ》に対する執着《しゅうちゃく》だけは、いまだにイネスのなかで強烈《きょうれつ》にくすぶっていたのだ。

3　プリスカの黒いエナメル靴《ぐつ》

プリスカの新しい靴《くつ》を見て、イネスが思わず口にした感激《かんげき》の言葉を聞いたとき、プリスカは、クリスマスの寄付《きふ》には、これしかないと決めたのだった。そりゃあ、おしゃれな靴《くつ》がなくなるのは残念《ざんねん》だったけれど、もらう人がうれしくて飛《と》びはねたくなるようなものでなければ、プレゼントをあげる意味がない。

でも、お母さんはプリスカとはちがう考えだった。それから二日後、おじいちゃんと劇《げき》場《じょう》に行くことになっていたプリスカが、ビロードのワンピースを着て、ガブリエレ兄さんのおさがりの、ひもつきの黄色い革《かわ》のショートブーツをはいているのを見ると、お母さんは目を三角にして言った。

「いったいなにを考えてるの！　すぐに、エナメルのよそゆきの靴《くつ》にはきかえていらっしゃい」

「だけど、あの靴《くつ》はもうないの」プリスカが白状《はくじょう》した。

「どういうこと？」

「あげちゃった」

「あげたって……だれに？」

「貧《まず》しい子どもたちに」

「どこの貧《まず》しい子どもたち？」

「わからないけど……。段《だん》ボール箱《ばこ》に入れるやつ」

「あなたの説明《せつめい》はさっぱりわからないわ。段《だん》ボール箱《ばこ》ってなんなの？」

プリスカが学校の段《だん》ボール箱《ばこ》のことを説明《せつめい》すると、お母さんはほっとした。

「あした学校へ行ったら、まちがって箱に入れてしまったと先生にお話しして、靴《くつ》を返してもらいなさい」

「そんなこと、ぜったいにいや！」プリスカはだんこ拒否《きょひ》した。「いったんあげたプレゼントを返してくれなんて、言えるわけないいじゃない」

「いいから返してもらいなさい！　あなたって子はなにを考えてるの？　来年の冬まではける新品の靴《くつ》だったのに……。それに、貧《まず》しい家の子どもには、エレガントな靴《くつ》なんて必要《ひつよう》ないでしょ？　ガブリエレのお古のスエードの靴《くつ》を持っていけばいいいじゃない。どうせあなたには合わないんだから」

「あれは、底《そこ》に穴《あな》が開いてるよ」

「それがどうしたって言うの？　もらった人が底《そこ》をはりかえればいいことでしょ」

イネスが子どものころ、あのスエードの靴《くつ》をもらったとしても、ちっともうれしくなかっただろうな、とプリスカは思った。

「いったんあげたプレゼントを返してくれなんて、言えるわけない」

プリスカはおなじ言葉をくりかえした。〈ごきげんとり〉の子たちが見ている前でそんなことを言ったら、面目《めんぼく》が丸つぶれだ。そんなことをするくらいなら、死んだほうがましだった。

「ひっぱたかれたいの？」お母さんはそう言うと、プリスカの返事を待たずに平手打ちをくらわした。「いったいいくつになったら、口答えしないで、言うことが聞けるようになるのかしら？」

プリスカは泣《な》きだした。あんまりはげしく泣《な》いたものだから、まぶたがはれあがり、おじいちゃんはプリスカを劇場《げきじょう》に連《つ》れていくのをあきらめなければならなかった。その日の演目《えんもく》は『イル・トロヴァトーレ』で、ロマの女の人が火あぶりになる話なのだけれど、その前に、その人の息子《むすこ》が(でも、本当は息子《むすこ》ではない)美しいアリアを歌う。プリスカは、それを聞くとあまりのすばらしさに鳥肌《とりはだ》がたつのだった。

次の日、靴《くつ》を返してくださいと恥《はじ》をしのんで先生にたのみにいったのは、けっきょく、お母さんのほうだった。

「だいじょうぶですよ、お母さん。靴《くつ》は、包《つつ》んであった薄紙《うすがみ》ごと、戸棚《とだな》にしまっておきました。きっとまちがいだろうと思って、おじょうさんが考えなおすのを待っていたのです。ですので、まだ寄付用《きふよう》の箱にも入れてありませんし、リストにも記入していません」

「本当に、なんとお礼を申《もう》したらよいかわかりません。もうお気づきかとは思いますが、うちのプリスカは次から次へとおかしなことをしでかすので、ほとほと手を焼《や》いておりますの」

「たいした問題ではありません。とにかく、早めに考えなおしていただいてよかったです」

プリスカは、はらわたが煮《に》えくりかえる思いだった。——あたしは考えなおしてなんかいないのに!——こんなことがあった以上《いじょう》、あの靴《くつ》を見るたびにいやな気持ちになるに決まっている。あの靴《くつ》をはくたびに、わざと砂利道《じゃりみち》をひきずって歩いたり、右と左をぶつけたりして、エナメルがすぐに傷《きず》だらけになってしまうだろう。

エリザはといえば、中古だろうが新品だろうが、まだなにもプレゼントを持ってきていなかった。

「エリザ、なにをぐずぐずしているのです？」先生は、毎朝のようにエリザに言った。「ケチな子だと思われてもいいのですか？　ルクレツィア・ガルデニゴ夫人《ふじん》の孫《まご》ともあろうあなたが？」

たとえルクレツィアおばあちゃまのことを悪く言われようと、エリザはぜったいになにも寄付《きふ》しないと決めていた。というのも、ある重大な事実に気づいたからだ。

段《だん》ボール箱《ばこ》の中身は、寄付《きふ》する側《がわ》にしてみれば価値《かち》のなくなったガラクタでしかなかったし、もらう側《がわ》にしてみたら屈辱《くつじょく》でしかない。しかも、直接《ちょくせつ》は知らない「恵《めぐ》まれない子どもたち」に寄付《きふ》するために集められているわけではなく、最終的《さいしゅうてき》には二人のクラスメートに贈《おく》られるらしかった。つまり、アデライデとイオランダだ。

〈わんぱく〉グループと〈うさぎ〉グループの子たちは、そのことにまだ気づいていなかったけれど、〈ごきげんとり〉と〈猫《ねこ》かぶり〉たちは、最初《さいしょ》から知っているようだった。

「二人分にしてはたくさん集まりすぎたから、きっと鼻たれの弟や妹と分けあうんじゃないの？」

ズヴェーヴァとエミリアが、つくえの天板《てんばん》に顔をかくしてにやにや笑《わら》いながら、こそこそと話しているのを、エリザは聞いてしまったのだ。

「それにしても、あんなにすてきなプレゼントを受けとる資格《しかく》が、あの二人にあるのかしら」

それまでばくぜんと抱《いだ》いていた疑《うたが》いを裏《うら》づけるこの会話を、ぐうぜん耳にしたエリザは、怒《いか》りで顔が燃《も》えるように熱《あつ》くなり、ズヴェーヴァをひっぱたきたくて手がむずむずした。でも、プリスカとはちがって、とっくみあいのケンカをする勇気《ゆうき》はなかったので、だまって自分の席《せき》にもどったものの、怒《いか》りのせいで心臓《しんぞう》がはげしく鳴っていた。

そして、アデライデとイオランダにわたすためのプレゼントなのだとしたら、なおのこと、不用品《ふようひん》を持ってきて段《だん》ボール箱《ばこ》にほうりこむようなことはするまい、と心に誓《ちか》った。そうではなく、新品か、新品同様のおもちゃを準備《じゅんび》して、きれいな色の包装紙《ほうそうし》に包《つつ》む。そして金色のリボンを結《むす》び、松《まつ》の枝《えだ》のかざりをつけて、学校じゃない場所で個人的《こじんてき》にわたそうと考えた。そんなことをしても、けっきょくは二人のプライドを傷《きず》つけるだけかもしれないとも思いながら。

4　アデライデ、スケート靴《ぐつ》を持ってくる

〈うさぎ〉の列のいちばんうしろに、みんなから離《はな》れてすわっていたアデライデとイオランダも、それがどんな計画なのかはわかっていなかった。それもそのはず、二人はもともと寄付活動《きふかつどう》から完全《かんぜん》に除外《じょがい》されていたからだ。二人がなにかを持ってくるだろうとは、だれも思っていなかった。また二人のほうでも、クラスメートが毎日のようになにかしら持ってきては、先生が熱心《ねっしん》にノートに書きとめているものに、興味《きょうみ》を示《しめ》すことはなかった。

町のほかの子どもたちと同様、アデライデとイオランダも、カルダーノさんのお店のショーウィンドウに顔を押《お》しあてて、何時間でもあきずにプリティー・ドールに見とれていた。だからといって、それをもらえるなんて思っていたわけではない。そのかわいらしいお人形だけでなく、ほかのおもちゃも、自分たちには夢《ゆめ》のまた夢《ゆめ》でしかないことぐらいわかっていた。でも、どうせ夢《ゆめ》を見るのなら、段《だん》ボール箱《ばこ》に集められたおんぼろのおもちゃではなく、プリティー・ドールの夢《ゆめ》を見たほうがいいに決まっている。

ところが、十二月十二日、予期していなかったできごとが起こった。生徒《せいと》たちが持ってきた寄付品《きふひん》を提出《ていしゅつ》する時間のこと、スフォルツァ先生は大きな段《だん》ボール箱《ばこ》のわきに立って、ノートを片手《かたて》に、新しく増《ふ》えたものをメモしていた。

「マルチェッラ、赤のレインコート。フラヴィア、フェルト地の洋服を着た、手足の動くピノッキオ。それと、アデライデ……。アデライデ？」

そう、アデライデがおもちゃを入れるほうの段《だん》ボール箱《ばこ》に近づき、ローラースケート用の靴《くつ》を、そっと入れたのだ。中古のものだったけれど、状態《じょうたい》はよかった。

「アデライデ、なにをしているの？」先生はあぜんとして言った。

「どうかしてるんじゃない？」〈ごきげんとり〉の列の先頭にすわっているズヴェーヴァが、先生に調子を合わせて言った。

アデライデの動きがぴたりととまった。思いもよらない教室の反応《はんのう》に少しおどろきながらも、自分が持ってきたものを先生がノートに書きとめてくれるのを待っている。

「そのスケート靴《ぐつ》はだれにもらったのですか？　どこから持ってきたのです？」先生が声をとがらせた。

「女の人が……」アデライデは口ごもった。

「どこの女の人？　つまり、あなたのものではないということ？　いったいどこから……持ってきたのです？」

先生は、クリスマスの精神《せいしん》を台無《だいな》しにしないため、「ぬすんだ」という言葉をのみこんだ。

「女の人がくれたんです。もらったわけじゃありません」アデライデもひるまない。「お母さんが、その人の家の屋根裏部屋《やねうらべや》のそうじをたのまれて、あたしもついていったら、このスケート靴《ぐつ》が部屋のすみにおいてありました。それで見ていたら、うちの子どもたちはもうみんな大きくなったからって、くれたんです。『欲《ほ》しいんなら、どうぞ持ってって』と、言われました」

「せっかくいただいたものを、なぜ大切にしないのです？　しまい場所にこまるほど、たくさんのおもちゃを持っているわけでもないでしょう。どうして学校になんか持ってくるのですか」

アデライデは首をすぼめた。なんてバカげた質問《しつもん》をするんだろうと、プリスカは思った。ここ二週間というもの、クラスのみんなが段《だん》ボール箱《ばこ》に入れるものを持ってきている。だったら、アデライデだって、持ってきてとうぜんじゃないか。

「あなたからは受けとるわけにはいきません」

先生はおもちゃの山からスケート靴《ぐつ》をひろいあげ、アデライデの手にもどした。

すると、ロザルバがバネ仕掛《じか》けの人形のように、いきおいよく立ちあがった。

「どうしてですか?」

「どうしてですか?」プリスカもおなじ質問《しつもん》を口にした。

「どうしてですか?」マルチェッラも続《つづ》いた。

「なんですかそれは！　民衆《みんしゅう》の蜂起《ほうき》?」先生が皮肉《ひにく》を言った。「受けとれないと言ったら、受けとれません。あなたたちの目は節穴《ふしあな》なの?　しっかりまわりを観察《かんさつ》していれば、理由はすぐにわかるはずです。太陽のように明らかなことまで説明《せつめい》する必要《ひつよう》はありません。アデライデ、とにかくそのローラースケート靴《ぐつ》は、持って帰りなさい。家で大切にしまっておくか、そうじゃなければ、だれか好《す》きな人にあげておしまいなさい」

アデライデはスケート靴《ぐつ》のひもをつかんでぶら下げながら、すごすごと席《せき》にもどった。

「だから言ったじゃないの！」さっそくイオランダが、がみがみ言った。「これで思い知ったでしょ?　先生が受けとるわけないんだから、そんなの学校に持ってくるべきじゃなかったのよ。アデライデったら、自分もほかの子たちとおなじことをしたいわけ?　それでお金持ちのうちの子とおなじになれるなんて思ったら大まちがいよ。いくら先生にほめてもらおうと努力《どりょく》しても、ほめてなんかもらえるわけないの。そんな夢《ゆめ》みたいなこと考えるなんて、本当にバカなんだから」

さんざん言われたアデライデは、声を押《お》し殺《ころ》して泣《な》きだした。鼻をすすって涙《なみだ》をこらえている。

「廊下《ろうか》に出なさい！　泣《な》き虫《むし》は教室にいなくて結構《けっこう》！」入口のドアを指《ゆび》さして、先生が命令《めいれい》した。

プリスカは、自分の席《せき》からありったけの憎《にく》しみをこめて先生をにらんでいた。もしプリスカが火炎放射器《かえんほうしゃき》だったら、先生はあっという間《ま》に灰《はい》になっていただろう。ところが先生ときたら、プリスカの炎《ほのお》のような視線《しせん》なんて、少しも気にならないようだった。それが、プリスカの怒《いか》りにますます油をそそいだ。なんで子どもは、いつも大人の言いなりにならなくちゃいけないんだろう。

ちょうどそのとき、八回も折《お》りたたまれたメモ用紙が、手から手へとわたりながらプリスカのつくえに届《とど》けられ、状況《じょうきょう》がさらに悪化した。プリスカはふるえる手でメモ用紙をひらくと、読みはじめた。

べんごしさん、あんたの負けね。いくらい、いっ、い、しょ、けん、め、あのクズみたいな二人のかたをもって、あたしたちとおなじ生徒《せいと》だとみんなに思わせようとしたって、ムダよ。だって、あの二人はあたしたちとはちがうんだから。二人はこのクラスにいるべきじゃないの。弱い子やいじめられっ子の守《まも》り神《がみ》を気どるひまがあったら、かがみで自分のすがたを見つめたらどうなの？　あんたの母方のおじいさんは、まずしい羊《ひつじ》かいだったんでしょ。それに、いったんきふしたエナメルのくつを持って帰ったくせに、かわりのものだってなにも持ってきてないじゃないの！　はじ知《し》らず！

それはズヴェーヴァの字だった。

「まったく無学《むがく》の人はこまるわね。『いっしょけんめい』じゃなくて、『いっしょうけんめい』って書くのに……」エリザが冷静《れいせい》につぶやいた。

ところが、プリスカは怒《いか》りで顔を真《ま》っ赤《か》にしていた。胸《むね》に手をあてると、どくんどくんと、まるで合戦《かっせん》の太鼓《たいこ》みたいなものすごい音がする。

「お願《ねが》い、落ち着いて。とにかく深呼吸《しんこきゅう》するの。廊下《ろうか》に出て水を飲んでくるといいかも」

エリザがプリスカに言った。「ズヴェーヴァなら、あとで思い知らせてやればいいのよ。あたし、いいこと思いついたんだ」

5　なかよし三人組、仕返しを計画する

エリザが仕返しのアイディアを思いついたのは、カジミーロおじさんがいつも、おもしろいと思った本のあらすじを話して聞かせてくれるからだった。おじさんのおかげで、エリザはまだ小学生なのに、『イーリアス』や『神曲』『狂える《くる》オルランド』『ドン・キホーテ』『ロビンソン・クルーソー』といった世界文学のあらすじを知っていた。でも、物語が全部理解《りかい》できたわけではないので、いつか自分でじっさいに読んでみようと思っていた。ただし、もっと大きくなってからだ。というのも、どれもこれもぶあつい本ばかりで、とちゅうであきてしまうかもしれないと心配だったからだ。

十二月十日、プレゼピオ（クリスマスの人形かざり。イエス・キリストの誕生《たんじょう》の場面を再現《さいげん》したもの）に使うコケを探《さが》すために町の城壁《じょうへき》の外を散歩《さんぽ》していたとき、カジミーロおじさんはエリザに、ヴィクトル・ユゴーの『レ・ミゼラブル』の話をしてくれた。

エリザは、コゼットの身の上に強く心を打たれた。

コゼットのお母さんは死んでしまうのだけれど、その前に、宿屋の主人とその奥《おく》さんに、コゼットをあずけた。正直で情《なさ》け深《ぶか》い夫婦《ふうふ》だと信《しん》じてのことだった。でも、じつはその反対で、二人はとことん冷《つめ》たかった。しかも、この夫婦《ふうふ》の娘《むすめ》で、エポニーヌとアゼルマという風変《ふうが》わりな名前の姉妹は、両親に輪《わ》をかけて意地悪《いじわる》だった。おもちゃひとつもらえず、いつもたいへんな仕事ばかりやらされていたあわれなコゼットに、二人の人形で遊ばせてくれないだけでなく、さわってもだめだと言うのだった。そこへ、脱獄《だつごく》して、お金持ちになったジャン・バルジャンがコゼットを救《すく》いに来て、目を見張《みは》るほどすてきな人形をプレゼントしたので、意地悪《いじわる》な姉妹は、死ぬほどねたんだという話だった。

「あたしたちも、おなじことをしたらどうかと思うんだけど」その日の午後、いつものようにショーウィンドウをながめてから、家に帰るとちゅうで、エリザがプリスカに提案《ていあん》した。「ズヴェーヴァがいままでにもらったこともないようなプレゼントを、アデライデとイオランダにあげたらどうかな？　先生だって見たこともないような、すてきなプレゼントを」

「べつに特別《とくべつ》なプレゼントを探《さが》しにいく必要《ひつよう》もないと思うよ」ロザルバが提案《ていあん》した。「ズヴェーヴァが欲《ほ》しがっていて、ぜったいに自分のものになると思いこんでるものを、イオランダたちにあげちゃえばいいのよ」

「それってなんなの？」

「ズヴェーヴァがクリスマスプレゼントに欲《ほ》しがっている物のリストがお店にあって、それを見たの。一番目はとうぜんプリティー・ドールで、二番目は黒いビロードのヒョウのぬいぐるみの、大きいほう。三番目は絹《きぬ》のワンピース。タータンチェックで、スカートにフリルの入ったやつ。最後《さいご》がキャメルのコートで、えりとボタンが茶色いビロードのやつ。信《しん》じられないよね」

そもそもプリスカたちには、クリスマスのプレゼントに洋服を欲《ほ》しがる子の気持ちが理《り》解《かい》できなかった。三人とも服にはあまり興味《きょうみ》がなかったし、どちらにしても、服はいつか買わなければならないのだから、プレゼントとはいえないような気がした。

プリスカは、どちらかというと新しい服を買ってもらうのがいやで、文句《もんく》を言っていた。せっかく気に入っていた服をとり替《か》えるなんて、考えられなかったのだ。でも、ガブリエレ兄さんがきつくて着られなくなったオーバーやジャケットのお下《さ》がりなら、大歓迎《だいかんげい》だった。ボタンのとめ方がちがう男物の服を着ていると、船の乗組員や冒険家《ぼうけんか》になれそうな気がするからだ。

「ズヴェーヴァのお父さんは、リストをお店に持ってきただけで、まだ前金《まえきん》を払《はら》ってないから、どれも『売約済み《ばいやくず》』にはなってないってパパが言ってた」と、ロザルバが説明《せつめい》した。

「つまり、先に前金《まえきん》を払《はら》った人に買う権利《けんり》があるってことね」勝ちほこったようにエリザが言った。

それはアイディアとしては最高《さいこう》だったけれど、どうすれば実行にうつせるのか、さっぱり見当がつかなかった。品物の値段《ねだん》を覚《おぼ》えていたロザルバが、全部足してみたところ、三万五千リラにもなったのだ。三人の貯金箱《ちょきんばこ》を割《わ》って、全財産《ぜんざいさん》を持ちよったとしても、そんな大金《たいきん》にはとうてい届《とど》かない。

「こうなったら、ぬすむしかないわね。閉店後《へいてんご》、ロザルバがピラスさんをどこかに連《つ》れだして、そのあいだにあたしたちがこっそりお店にしのびこむというのはどう?」プリスカが提案《ていあん》した。

「そんなのむりな計画よ。あたし、お店の鍵《かぎ》を持ってないし」と、ロザルバが却下《きゃっか》した。

「針金《はりがね》を使って鍵《かぎ》をこじあければいいのよ。指紋《しもん》が残《のこ》らないように注意すれば……」

「なに言ってるのよ! そんなことをしたら、うちのパパが盗難《とうなん》で警察《けいさつ》に訴《うった》えるでしょ。それで、商品がアデライデとイオランダのうちにあったら、二人がどろぼうだと思われて逮捕《たいほ》されちゃうじゃないの。ズヴェーヴァが喜《よろこ》ぶだけよ」

「なにかほかに方法《ほうほう》はないかな……」エリザが言った。

「レオポルドおじさんに相談しようよ」ロザルバが提案《ていあん》した。自分たちの知っている大人のなかでただ一人、レオポルドおじさんだけは心から信頼《しんらい》できる人だと、前々から思っていたのだ。

こうして三人は、レオポルドおじさんの診療所《しんりょうじょ》を訪《おとず》れ、面会を申しこんだ。

「きみたち三人組は、ずいぶんと悪がしこいんだなあ！」プリスカたちから計画を聞いたレオポルドおじさんは、あきれ顔だった。「そのかわいそうなクラスメートは、そんなにひどい仕返しをされるなんて、どんな悪いことをしたんだい？」

「ちっともかわいそうなんかじゃないもん」

プリスカは不満《ふまん》たらたらだった。そして、それ以上《いじょう》なにも言わずに、ぐちゃぐちゃに丸められたメモ用紙をポケットから出して、レオポルドおじさんの前でひろげた。

「まあ、これはたしかにひどいね。ちょっとこらしめてやってもいいかもしれない。だけど、それがぼくとどんな関係《かんけい》があるのかな。ぼくになにをしろって言うの？」

「助言してもらいたいの」と、ロザルバが言った。

「その必要《ひつよう》はなさそうだよ。君たちの考えはものすごくはっきりしてるからね。助言というより、お金を貸《か》してほしいんだな?」

「そう」と、プリスカが言った。

「だけど、君たちぐらいの年頃《としごろ》の子どもにしては、大きすぎる金額《きんがく》だぞ。返してもらえる保証《ほしょう》はあるのかな?」

ロザルバはうなだれた。お父さんがお店を経営《けいえい》しているし、算数は得意《とくい》だったから、自分たちの財政状態《ざいせいじょうたい》が話にならないものだということはわかっていた。

ところがプリスカは、おがむように手を合わせて言った。

「おじさんがお金を出してくれるわけにはいかない? 大きくなったらきっと返すから。あたし、プリスカおばあちゃんの真珠《しんじゅ》のネックレスや、ダイヤモンドのイヤリングを遺産《いさん》としてもらえることになってるの」

エリザはテーブルの下でプリスカをけとばした。おじさんたちに金銭的《きんせんてき》な負担《ふたん》をかけるのがなによりきらいで、新しいノートとか、ペンといった必要《ひつよう》なものを買うときにも、なかなか言いだせなかったのだ。さいわい、おじさんはプリスカの言ったことを聞いていなかったみたいだった。

「君のお父さんは、つけでものを売ってくれる?」と、ロザルバにたずねた。

ロザルバは首を横にふった。お店のレジの上には、こんな注意書きがぶらさがっていた。


当店では、つけでのお支払《しはら》いはお断《ことわ》りしています。

あらかじめご承知《しょうち》おきください。


「だったら、解決策《かいけつさく》はひとつしかないね」レオポルドおじさんが結論《けつろん》を言った。「お金は自分たちでかせぐしかない」

「だけど、どうやって? そんなの時間がかかりすぎる。クリスマスまであと十五日しかないのよ」エリザが抗議《こうぎ》した。

「ぼくが前払《まえばら》いしてあげるよ。まあ、お金を貸《か》すというより、仕事の契約《けいやく》を結《むす》ぶんだな」レオポルドおじさんが言った。「ロザルバ、一人がいくらかせげば、必要《ひつよう》な金額《きんがく》になるか、ちょっと計算してみて」

ロザルバは紙になにやら書いていたが、やがて言った。

「一万一千六百六十七リラ」

「よし。じゃあ、その金額《きんがく》で、きょうから復活祭《ふっかつさい》〔死んだキリストが復活したことを祝うお祭り。春分をすぎた最初《さいしょ》の満月《まんげつ》の後の日曜日〕の休暇《きゅうか》まで、ぼくが君たちをやとうことにしよう」

「どんな仕事をすればいいの?」ロザルバがたずねた。

「そうだなあ。エリザは毎週、日曜日にぼくの車を洗《あら》う。車体だけじゃなく、車内のそうじもするんだ。マットについた泥《どろ》を落とし、はきそうじをし、シートの汚《よご》れを落とし、ダッシュボードのほこりをはらい、灰皿《はいざら》を空にして、ハンドルをみがく。それと、タイヤもぬるま湯でしっかり洗《あら》って、ていねいにからぶきをする。できるかい?」

「わかった」エリザはため息をつきながら答えた。

エリザは車のにおいが苦手《にがて》で、かぐたびにオエッとなる。仕事場になるガレージのにおいは、もっときらいだ

った。それでも、レオポルドおじさんの提案《ていあん》がありがたいものだということはわかってい
たので、あとにはひけなかった。
「ロザルバ、君は一週間に一回、放課後《ほうかご》うちに来る。そしてぼくの本だなの本のほこり
を一冊《さつ》ずつ、全部はらうんだ。ていねいにたのむよ。本を一冊《さつ》ずつ出窓《でまど》のところまで持っ
ていって、はたきを三回かける。もちろん、いいかげんなところにもどすんじゃなくて、
元あった位置《いち》に正確《せいかく》にしまうんだぞ」
「その仕事、あたしにやらせて」と、プリスカが名乗り出た。三人のなかでいちばん本
にくわしいのはプリスカだったし、なんといっても、ひそかに恋《こい》をしているレオポルドお
じさんの書斎《しょさい》で長い時間をすごせるのは、魅力的《みりょくてき》だった。
ところが、レオポルドおじさんはとりあってくれなかった。
「だめだ。プリスカはお話をするのがじょうずだから、週に一度、何曜日でもいいから、
放課後《ほうかご》オリンピアさんのところへ行って、話し相手になっておくれ。覚《おぼ》えてるかい？　ぼ
くの診療所《しんりょうじょ》でむかし働《はたら》いていた看護師《かんごし》さんだよ。すぐ近くに住んでるんだけど、血のめぐ
りが悪いせいで足がひどくむくんで、外出できない。それで、死ぬほど退屈《たいくつ》してるんだ。
最近《さいきん》では目もあまり見えなくなってきてね。いつもめんどうをみている妹さんがいるんだ

が、字が読めない。だからプリスカが行ってお話をしてあげれば、まるで映画館《えいがかん》の出前みたいだろ?」

「えーっ」

プリスカは不満《ふまん》げだった。正直言うと、いつもレオポルドおじさんのことを自分のもののように話すオリンピアさんが、あまり好《す》きではなかったのだ。オリンピアさんは、ふた言《こと》めには「わたしのドクター」と言う。「二十年もおそばにいましたから、なにも言わなくても、わたしのドクターの考えてらっしゃることはわかります」なんて言っていた。だけど、それが自分にわりあてられた仕事なら、行くしかない。手帳に書きこんだお話のなかからとっておきのを選《えら》んで、読んであげることにしよう。

「じゃあ、ぼくは君たちのために、大切なことをやっておくよ」おじさんは言った。「それも無料《むりょう》でね。とりあえずぼくがプレゼントを買ってきて、カルダーノさんには、だれに売ったか言わないでほしいと口止めしておこう」

6　レオポルドおじさん、約束《やくそく》を果《は》たす

「おかしなこともあるもんだ」次の日、ロザルバのお父さんが食卓《しょくたく》でつぶやいた。「レオポルド・マッフェイ先生が、ロペス・デル・リオ家と親しいだなんて、知らなかったよ」

「なんでそんなことを言うの？」奥《おく》さんがたずねた。

「今朝、店に来て、ロペスさんのリストに書かれていたプレゼントを全部買っていったんだ。前金《まえきん》だけじゃなくて、全額《ぜんがく》を現金《げんきん》で支払《しはら》ってくれた」

「だからって、ロペスさんの代わりに買ったとはかぎらないでしょ？　きっとエリザにたのまれたのよ」奥《おく》さんは言った。「ロザルバ、あなた、なにか知ってるんじゃないの？」

ロザルバは、ぶるんぶるんと首をふった。口の中にものを入れたまましゃべっちゃいけません、と両親にいつも言われていたので、なにも話せなかったのだ。それにうそはつきたくなかった。でも、自分たちの忠実《ちゅうじつ》な味方《みかた》がさっそく行動に出てくれたことを、プリスカとエリザに報告《ほうこく》できるのがうれしくて、息もとまるほどだった。

「そんなはずはない。エリザへのプレゼントなら、カジミーロ技師《ぎし》が来て、自転車とブロックとクマのぬいぐるみを予約《よやく》していったからね」カルダーノさんは答えた。「それに、マッフェイ家はこれまで、クリスマスプレゼントに洋服を買ったことは一度もないんだ。ロペスさんのリストには、人形やぬいぐるみだけじゃなく、コートとしゃれたワンピースも入っていたんだが、その二着もレオポルド先生が買って、診療所《しんりょうじょ》に送るようにと言っていた」

「ロペスさんになにか借《か》りがあって、それを返したいのかもしれないわね」カルダーノ夫人《ふじん》が言った。

「さっぱりわからん。しかも、ショーウィンドウにかざってあるおもちゃには、『売約済《ばいやくず》み』という札《ふだ》をつけないでくれと言ってきた。おどろかせたいらしい」

「だけど、だれかほかの人が買いにきたら、どうなさるおつもり？」

「だれも買わないだろう。あんなぜいたくなプレゼントを子どもにあげるのは、ロペス一家ぐらいだよ。それにしてもおかしな話だ。じつはレオポルド先生には、ほかにもまだたのまれたことがあってね……」

「なにをたのまれたの？」ロザルバが興味《きょうみ》しんしんでたずねた。

ところがそのとき、食べながらいすを前後にゆらしていたお兄ちゃんのレオナルドが（これはレオナルドの悪いくせだった）、いきおいあまって、いすごとうしろにたおれ、頭を床《ゆか》に思いっきり打ちつけるというハプニングが起こった。

たんこぶをつくっただけですんだものの、お兄ちゃんはわんわん泣《な》いて大騒《おおさわ》ぎになり、ようやく騒《さわ》ぎがおさまったときには、お父さんもお母さんも、レオポルド先生の買い物の話をしていたことなんて、すっかりわすれてしまった。それで、けっきょくロザルバは、おじさんがどんなことをたのんでいったのか、聞きだすチャンスをのがしてしまった。


クリスマスがだんだん近づき、四年Ｄ組の生徒《せいと》たちはほとんどみんな、寄付用《きふよう》の品物を提出《ていしゅつ》し、二つの段《だん》ボール箱《ばこ》はふちまでいっぱいになっていた。

「あとは、プリスカとエリザだけですね」スフォルツァ先生は毎朝、ノートで名前を確《かく》認《にん》しながら言った。「いったいなにをぐずぐずしているの？　二十二日からは冬休みですから、二十一日にはもう、集まったプレゼントをわたさなければならないのですよ」

プリスカとエリザは聞こえないふりをしていた。

「そうやって、なんでもぎりぎりまでやらないのはよくないことです」先生は二人に小言を言った。

ズヴェーヴァは、聞こえよがしに二人の悪口を言った。

「なんてケチなのかしら！　どうせなにも持ってこないつもりなのよ」

そして、〈ごきげんとり〉の列の子たちみんなを味方《みかた》にひきいれて、二人を攻撃《こうげき》するのだった。

「そんなんで、よくクリスチャンだって言えるわね」なじるように言ったのは、エステルだった。「教理問答《きょうりもんどう》の時間に、修道女《しゅうどうじょ》さんが、『あまったものは恵《めぐ》まれない人たちと分けあわなければなりません』って、いつも言ってるじゃない。慈悲《じひ》の心がない人は、地獄《じごく》に落ちるんだって」

「プリスカったら、わざわざお母さんを学校に来させて、靴《くつ》をとりかえしたのよ。ほんと、厚《あつ》かましいんだから」アレッサンドラもだまっていなかった。

「まあ、エリザの場合は、なにも寄付《きふ》しなくても仕方ないけどね。お父さんもお母さんもいなくって、親戚《しんせき》のうちでやっかいになってるんだもの」エミリアが、いかにもあわれむように言った。エミリアはいつも、自分ではケンカの仲裁《ちゅうさい》をしてるつもりでいるのだけれど、いつだって状況《じょうきょう》をさらに悪くするのだった。

そのときも、エミリアのそのひと言が、ズヴェーヴァにひどいいやがらせを思いつかせた。いくら〈ごきげんとり〉グループが悪口を言っても、プリスカもエリザもちっとも反応《はんのう》しないので、ズヴェーヴァは、内心いらいらしていたのだ。とりわけ、ふだんだったら少しでも挑発《ちょうはつ》するとすぐに手を出してくるプリスカが、なぜか上から見おろすような笑《わら》いを浮《う》かべて、余裕《よゆう》しゃくしゃくとしているのがゆるせなかった。

「もうすぐクリスマスなんだから、なかなおりしようよ。みんなでなかよくしないと！」

あいかわらずエミリアは、みんなをなだめようとがんばっている。

するとズヴェーヴァが、エミリアを思いっきりつねった。

「ちょっと、あんたうるさいのよ。だまってて！」

十二月二十日になると、先生がみんなにたずねた。

「きょうの午後、学校にもどって、プレゼントを包《つつ》むのを手伝《てつだ》ってくれる人？」

たくさんの手があがった。アデライデも手をあげていた。先生は、〈ごきげんとり〉の列のエステルとアレッサンドラ、そしてズヴェーヴァを指名した。ズヴェーヴァが立候補《りっこうほ》したのは、自分の悪だくみを実行するためだった。

プレゼントの包装《ほうそう》は、けっきょく午後遅《おそ》くまでかかってしまい、ズヴェーヴァはその日、

《子どもたちのパラダイス》におもちゃを見にいけなかった。だから、ショーウィンドウかららは、プリティー・ドールも、黒ヒョウも、すがたを消していたことに気づかなかった。

カルダーノさんが、クリスマスの前にショーウィンドウからおもちゃを出すなんて、特《とく》別《べつ》なことだった。ふだんの年だったら、すでに売れたものもそうでないものも、おもちゃは全部二十四日のお昼までかざってある。クリスマス直前になってお店にかけこむ人たちも、気持ちよく品物を選《えら》べるように、かざりつけはいっさい変《か》えないことにしていたのだ。

ロペスさんは、二十四日の午後にクリスマスの買い物をするのが長年の習慣《しゅうかん》だった。そのためロペスさんも、娘《むすめ》のズヴェーヴァにたのまれていた高級なおもちゃを買いにくる人が、ほかにもこの町にいて、ひと足先に買われてしまったことに気づかなかった。

7　いよいよプレゼントをわたす

二十一日の朝がやってきた。四年D組の生徒《せいと》たちは、てんでんばらばらに教室に入ってきては、教壇《きょうだん》のわきにおかれた二つのいすのほうを——前の日まではそこに段《だん》ボール箱《ばこ》がひとつずつのっていた——好奇心《こうきしん》いっぱいにちらちらと見ていた。そのため、プリスカとエリザが、教科書の入ったかばんだけでなく、大きな手《て》さげ袋《ぶくろ》を二つ、ひきずるようにして教室に運びこんでいたことには、だれも気づかなかった。

その朝、いすの上からは段《だん》ボール箱《ばこ》が消え、その代わりに二つの大きな包《つつ》みがおかれていた。お肉屋さんでお肉を包《つつ》むときに使うような、うす茶色のじょうぶな紙でくるみ、ひもで結《むす》んである。きれいな色のリボンだとか、松《まつ》ぼっくりだとか、キノコのマスコットだとか、ガラス玉だとか、クリスマスらしいかざりはひとつもなかった。

「ずいぶん節約《せつやく》したのね……」マルチェッラが小声で感想をつぶやいた。

「こんなみすぼらしい包装《ほうそう》をするのに、なんで午後遅《おそ》くまでかかったわけ？」と、エミリアもアレッサンドラに聞いた。

「なにも知らないくせに、えらそうに言わないで！」アレッサンドラが言いかえした。

「包《つつ》むのに時間がかかったんじゃなくて、集まったプレゼントを二つに公平に分けるのがたいへんだったの。片方《かたほう》が人形ばかりで、もう片方《かたほう》が木馬ばかりだったらこまるでしょ。洋服だって分けなきゃならなかったのよ。片方《かたほう》に靴下《くつした》を一足入れたら、もう片方《かたほう》にも靴下《くつした》一足……ってね。えこひいきは隣人愛《りんじんあい》の精神《せいしん》に反するもの」

「それに先生が、あんまりおんぼろのものは捨《す》てなさいって言ったの」エステルが言いたした。「わたしはどれもちゃんと使えると思ったんだけどな……」

「静《しず》かに！　なんという騒《さわ》ぎですか。全員、着席《ちゃくせき》！」

スフォルツァ先生が教室に入ってきた。とたんに教室じゅうが静《しず》まりかえり、みんなきちんと自分の席《せき》にすわった。

先生は、二つの包《つつ》みにそそがれている生徒《せいと》たちの視線《しせん》を完全《かんぜん》に無視《むし》して、いつもと変《か》わらずに授業《じゅぎょう》をはじめた。それから冬休みの宿題を出した。そのひとつは作文で、テーマは「プレゼピオを見ながら考えたこと」だった。

終業時間を知らせるチャイムが鳴る三十分ぐらい前になって、ようやく先生がおごそかな口調で宣言《せんげん》した。

「さあみなさん、プレゼントをわたす時間です。アデライデとイオランダ、立ってください。クラスのみんなが、あなたたち二人のために、すばらしいプレゼントを用意してくれました」

二人は立ちあがった。アデライデはうれしそうな笑《え》みを顔じゅうに浮《う》かべておどろいていたけれど、イオランダはふてくされた態度《たいど》をとっていた。

「さあ、前に出てきて。教壇《きょうだん》にあがりなさい」

先生に言われたとおり、二人は教壇《きょうだん》にあがった。二人が包《つつ》みのわきに立つと、先生は言った。

「その場でストップ！　先生がこのときのために詩を書いたので、レナータに暗唱《あんしょう》してもらいます」

レナータが立ちあがり、気をつけの姿勢《しせい》をとった。それから、先生の頭の少し上をじっと見つめたまま、催眠術《さいみんじゅつ》にかかったかのように暗唱《あんしょう》をはじめた。

麦わらの上で寒さにふるえる

お腹《なか》をすかせた、はだかのイエス。
ロバと牛が近くでよりそい
息を吹《ふ》きかけあたためる。
贈《おく》りものを持ってきた羊飼《ひつじか》いたちが
イエスをくるみ、ミルクを飲ませる。
ひろくやさしい心の持ち主よ。
われらがならうべき手本。
イエスのように貧《まず》しい子どもたちが
いまでもまだこの地上にいるのだから。

最後《さいご》の二行を読むとき、レナータは、あからさまにアデライデとイオランダのほうを見た。詩の暗唱《あんしょう》が終わると、先生は言った。
「さあ、二人とも包《つつ》みをひとつずつ受けとって。ただし、家に着くまでぜったいに開けないこと。いいですね。そうでないと、中身がばらばらになって、家まで持って帰れなくなりますからね」

二人が包《つつ》みを持ちあげようとしたとき、席《せき》にすわっていたプリスカが手をあげた。

「あたしにも、クリスマスの詩を暗唱《あんしょう》させてください」

これは、最初《さいしょ》の計画には入っていなかったけれど、レナータの朗読《ろうどく》したくだらない詩を聞いているあいだに、プリスカがぱっと思いついたのだ。

「時間がありません」と先生は言った。「もうすぐチャイムが鳴ります。それに、プリスカはプレゼントをなにも持ってきていないのですから、参加《さんか》する権利《けんり》はありません」

「プレゼントなら持ってきました」

プリスカは、金色のもようが入った赤い紙で包《つつ》んだプレゼントを、つくえの下からとりだした。そして、先生がいいと言うのを待たずに、早口で詩を暗唱《あんしょう》した。

羊飼《ひつじか》いたちが発《た》ったあとも
プレゼントはまだ続《つづ》く。
ラクダに乗った三人の博士《はかせ》が
もっとすてきな贈《おく》りものを持ってきた。

プリスカの合図を受けて、エリザとロザルバが、銀のモールのきらきら光るもうひとつの包《つつ》みを教壇《きょうだん》のところまで持ってきた。
「これは、アデライデとイオランダに。わたしたちからのクリスマスプレゼントよ」
エリザはそう言うと、二人を抱《だ》きしめ、キスをした。プリスカとロザルバも、エリザのまねをしておなじことをした。

8　四年Ｄ組、大騒《おおさわ》ぎになる

プリスカたち三人組の思ってもみなかった行動に、クラスのみんなはものすごくおどろいた。〈うさぎ〉の列からは遠慮《えんりょ》がちな拍手《はくしゅ》がぱらぱらと起こったものの、先生にじろりとにらまれ、すぐにやめてしまった。〈ごきげんとり〉と〈猫《ねこ》かぶり〉の子たちは不意打《ふいう》ちをくらい、どんな反応《はんのう》をすればいいのかとまどっていた。予想外のできごとにちょっとわくわくしながらも、いい気分はしなかった。というのも、プリスカたちが準備《じゅんび》した二つの包《つつ》みのせいで、みんなから集めたプレゼントがかすんでしまったからだ。ついさっきまで、自分たちの心のひろさに酔《よ》いしれていたというのに。

とはいえ、みんなの気持ちのなかでいちばん強かったのは、好奇心《こうきしん》だった。

「包装紙《ほうそうし》がきれいっていうだけじゃわからないわ。中になにが入ってるのか見せてもらわないと」つんけんした口調でエステルが言うと、ズヴェーヴァも、命令口調《めいれいくちょう》で言った。

「さあ、あんたたち、早くその包《つつ》みを開けて、どんなステキなプレゼントが入ってるのか、見せなさい」

アデライデはその言葉を待つまでもなく、リボンをほどこうとあせっていた。となりでイオランダは、あいかわらずふてくされて腕《うで》を組んでいる。アデライデの包《つつ》みのリボンがようやくほどけた。包《つつ》み紙《がみ》をやぶくと、中から白い薄紙《うすがみ》があらわれた。そして、それもまたやぶかれ……クラス全員があっけにとられて見つめるなか、スカートにフリルの入った、タータンチェックのおしゃれな絹《きぬ》のワンピースがあらわれた。

「あなたにぴったりのお洋服ね」先生が、細くて傷《きず》だらけのアデライデの足と、古ぼけて穴《あな》のあいた靴《くつ》をじろじろ見ながら、皮肉《ひにく》を言った。

——やっぱりビロードのワンピースにしてって、パパにお願《ねが》いしなくちゃ——と、ズヴエーヴァは心のなかで考えていた。——こんなみすぼらしい子とおそろいのワンピースを着て、町を歩くわけにはいかないもの。それにしてもプリスカったら、いったいどういうつもりなのよ?——

つづいて、包《つつ》みの中から黒ヒョウをとりだしたアデライデは、あまりのうれしさに小さくさけんで、黒ヒョウにむんぎゅと抱《だ》きついた。それを見たズヴェーヴァは、たんなる偶《ぐう》然《ぜん》の一致《いっち》ではないことに気づき、顔をむらさき色にして怒《おこ》りだした。

こうなると、さすがのイオランダもふてくされてばかりはいられなくなり、赤に金色のもようの入った包み紙《つつがみ》をひろげはじめた。すると、中からコートとプリティー・ドールがあらわれたものだから、生徒《せいと》も先生もみんな、あっと息をのんだ。まちがいなくショーウインドウにいた、あの子だ。なんといっても、世界にひとつしかない人形なのだから。

ズヴェーヴァは、もはや自分をおさえることができなかった。

「そのお人形はあたしのものよ！　黒ヒョウもあたしのだし、ワンピースもコートもあたしのなんだから。全部あたしがもらうことになってるの！　うちのパパが予約《よやく》してたはずよ」

「いいえ、予約《よやく》はされてなかった」ロザルバが確信《かくしん》を持って言った。「まだ前金《まえきん》を払《はら》ってなかったもの。もし前金《まえきん》が払《はら》ってあったら、あたしたちに売ってくれなかったはずよ」

ところが、ズヴェーヴァは、もうだれの言葉も耳に入らなかった。イオランダにつかみかかり、力ずくで人形をうばいとろうとしたのだ。

「返しなさいよ！　あたしの人形なんだってば！　そんなきたない手でさわらないで！」

対するイオランダも、一歩もひかない。

「あたしのだもん！　あたしがもらったの！」

そうわめくと、人形をつかんだズヴェーヴァの手をふりはらおうと、思いっきり手の甲《こう》にかみついた。ズヴェーヴァは、いまにも殺《ころ》されるというような悲鳴《ひめい》をあげながらも、イオランダへの攻撃《こうげき》の手をゆるめようとはしなかった。

「二人ともやめて！　そんなことをしたらお人形がこわれちゃうじゃないの！」エミリアは気が気ではなかった。

先生は思いがけないできごとにぼうぜんとなり、どう対処《たいしょ》したらいいかわからずにいた。前に教えていた讃美《アドラツィオーネ》女子学園小学校では、生徒《せいと》たちのあいだでこんな見苦しい光景《こうけい》がくりひろげられることは一度もなかった。路地裏育《ろじうらそだ》ちの子が、上流の家庭の子につかみかかるだなんて……（そもそも、讃美《アドラツィオーネ》女子学園小学校には路地裏育《ろじうらそだ》ちの子がいなかった）。

「イオランダ！　すぐにやめなさい！」先生は命令《めいれい》した。

とはいえ、イオランダはやめたくてもやめられない状態《じょうたい》だった。ズヴェーヴァに思いっきりつかみかかられて、離《はな》れられなかったのだ。先生はイオランダのことをたたこうと定規《じょうぎ》をつかんだものの、二人の腕《うで》や足がからみあってひとかたまりになっていたので、だれがだれだか見分けがつかず、手の出しようがなかった。へたをすれば、肩《かた》を持つつもりでいたズヴェーヴァのことを、たたいてしまいそうだった。

「マルチェッラ、急いで用務員《ようむいん》さんを呼《よ》んできなさい！　イオランダ、ただではすみませんからね！　退学処分《たいがくしょぶん》にします！　警察《けいさつ》を呼《よ》びますよ！」

そのあいだにも、〈わんぱく〉の列ではべつの悲劇《ひげき》が起こっていた。

ズヴェーヴァとイオランダのとっくみあいを、あっけにとられて見ていたエリザのところに、アレッサンドラがつかつかとやってきて、あの、大きな二つのプレゼントとおなじ、うす茶色のじょうぶな紙の包《つつ》みをさしだしたのだ。

「おもちゃひとつ寄付《きふ》できないような、かわいそうなみなしごのあんたにも、寄付《きふ》されたもののなかからプレゼントを選《えら》んでおいてあげたわよ。はいこれ、クラスのみんなから。メリークリスマス！」

不意《ふい》をつかれたエリザが包《つつ》みを開けると、寄付用《きふよう》の段《だん》ボール箱《ばこ》からとりのぞいてあったボロやガラクタが、ひざの上にどっとこぼれおちた。エリザに恥《はじ》をかかせたい一心《いっしん》で、ズヴェーヴァがていねいに包《つつ》んでおいたのだ。

エリザの目に涙《なみだ》があふれた。けれども、わっと泣《な》きだすよりも早く、プリスカが目にもとまらぬ速さでアレッサンドラの首ねっこをつかみ、鼻の頭にげんこつをくらわせた。アレッサンドラの鼻からは血がふきだした。

「だれが、こんな意地悪《いじわる》をしようって言いだしたの？　白状《はくじょう》なさい！　あんたひとりでこんなことを思いつけるわけがないんだから」

そしてまた、耳鳴りがするほど強烈《きょうれつ》にひっぱたいた。

「プリスカ！　なにをしてるんですか！」先生がどなった。

「ズヴェーヴァが、やれって……」アレッサンドラは、スモックのえりや前身頃《まえみごろ》、ピンクのリボンに鼻血がべっとりとついているのをおそるおそる見ながら、口ごもった。

プリスカは、腹立《はらだ》ちまぎれにアレッサンドラを押《お》しのけると、教壇《きょうだん》のほうにむかった。

そこには、イオランダをつきとばして人形をうばうことに成功《せいこう》したズヴェーヴァが立っていた。

「ひきょう者！　エリザがあんたになにをしたっていうの？」

「なんでプリスカがそんなに怒《おこ》るわけ？　プレゼントをもらったんだから、エリザがお礼を言うべきなんじゃないの？」せせら笑《わら》うようにズヴェーヴァが言った。そのあいだも、イオランダが動けないように、ひざで背中《せなか》を押《お》さえつけている。

「お礼なら、あたしがいくらでもしてあげるわよ」

プリスカがズヴェーヴァの髪《かみ》の毛《け》をわしづかみにし、持ちあげた。そのすきにイオランダは、プリティー・ドールをとりかえし、教室のいちばんうしろの自分の席《せき》に逃《に》げかえった。

プリスカはそのままズヴェーヴァを力いっぱいゆさぶり、壁《かべ》に押《お》しつけた。いっぽうのズヴェーヴァは、クラスのみんなの前でとっちめられるのがくやしくて、かみついたりひっかいたり、必死《ひっし》で抵抗《ていこう》している。

「クリスマスの精神《せいしん》はどこへいっちゃったの?」エミリアがめそめそ泣《な》きだした。

そこへ用務員《ようむいん》さんが入ってきた。

「いったいなんの騒《さわ》ぎですか?」

「あの二人をひきはなしてちょうだい!」と、先生が命令《めいれい》した。もはやイオランダ一人を責《せ》めるだけではすまなくなって、先生のいらだちは頂点《ちょうてん》に達《たっ》していた。

用務員《ようむいん》さんは顔色ひとつ変《か》えなかった。男子クラスのもっとひどいケンカに慣《な》れっこだったからだ。

とっくみあっていた二人をひきはなし、プリスカを教室の片側《かたがわ》、ズヴェーヴァをもう一方の側《がわ》に立たせた。

「先に手を出したのはどっちだ?」

すると、「ズヴェーヴァです！」と、〈うさぎ〉と〈わんぱく〉の列の子たちが声をそろえて答えた。

〈うさぎ〉グループのなかには、用務員《ようむいん》さんの娘《むすめ》のアンナがいた。アンナはぜったいにうそをつかない子だったので、用務員《ようむいん》さんはその言葉を信《しん》じた。そして、ズヴェーヴァがロペス・デル・リオ家という高貴《こうき》な家柄《いえがら》であることなどおかまいなしに、きびしくしかりつけた。

「悪いことをするから痛《いた》い目にあうんだ。これからはよく気をつけるように」

それでも、教室はまだざわついたままだった。教壇《きょうだん》のわきではアデライデが黒ヒョウのぬいぐるみを抱《だ》きしめながら泣《な》きじゃくっているし、ロザルバは、プリスカの手の甲《こう》や腕《うで》のひっかき傷《きず》ににじんだ血をハンカチで懸命《けんめい》にふいている。エリザは神経《しんけい》の高ぶった笑《わら》い声《ごえ》をあげ、マルチェッラは「恥《はじ》さらし！　恥《はじ》さらし！」と、くりかえした。それに合わせて、〈うさぎ〉と〈わんぱく〉の列の子たちもはやしたてた。

「みなさん、先生は本当に悲しいです」

用務員《ようむいん》さんが行ってしまうと、スフォルツァ先生が口をひらいた。

「おぎょうぎのいい子たちのクラスを受け持つものとばかり思って、この学校に移《うつ》ってきました。それなのに、こんなに乱暴《らんぼう》な生徒《せいと》が大勢《おおぜい》いるなんて！　教室で暴力《ぼうりょく》をふるったみなさんに、とてもショックを受けて、きょうのところは、正直どうしたらいいかわかりませんが、このままですむとは思わないように。冬休みが明けたら、しかるべき罰《ばつ》を与《あた》えます。クラス全員のふるまいがひどいものでした。ですが、みなさんのなかには、こんなおそろしいケンカの原因《げんいん》をつくった人と、やられたから仕方なくやりかえしただけの人とがいるはずです。いいですか、それをしっかり見きわめて、必要《ひつよう》な場合にはきびしい処罰《しょばつ》をしますから、覚《おぼ》えておくように」

先生はおどすようにそう言うと、むすっとだまりこみ、教卓《きょうたく》の上の書類《しょるい》を片《かた》づけはじめた。さいわいなことに、そこで終業のチャイムが鳴った。

意気消沈《いきしょうちん》した生徒《せいと》たちは、みんな押《お》しだまったまま、洋服かけに上着をとりにいった。それから、ふだんどおりのぎこちない動きで列をつくり、廊下《ろうか》に出た。アデライデとイオランダは、大荷物をかかえていた。まだひもでしっかり結《むす》ばれたままのうす茶色の紙の包《つつ》みと、一度ひらいてぐしゃぐしゃになった、色あざやかな紙にくるまれた包《つつ》み。アデライデの包《つつ》みからは黒ヒョウのしっぽが、イオランダの包《つつ》みからはプリティー・ドールが、それぞれのぞいていた。

昇降口《しょうこうぐち》までおりると、列はいつもどおりの完《かん》ぺきな行進をし、「きょうも一日、いっしょうけんめい学びました」の歌を熱唱《ねっしょう》した。

それから、生徒《せいと》たちは口々にクリスマスのあいさつをして、昇降口《しょうこうぐち》の外へと散《ち》っていった。

「メリークリスマス！　楽しい冬休みを！」

けれど、その声にはちっとも元気がなく、気持ちもこもっていなかった。

「このままですむとは思わないように。冬休みが明けたら、しかるべき罰《ばつ》を与《あた》えます」

プリスカを追いぬきざまに、ズヴェーヴァが先生の口まねをした。

「またエリザをいじめたりしたら、ただじゃおかないからね！」プリスカも歯ぎしりをしながら言いかえした。

9　エリザの家に、お客さんがやってくる

そのおなじ日の午後、昼食のあとで、おじさんたちはコーヒーを飲み、おばあちゃんは食事の片《かた》づけ、そしてエリザがそれを手伝《てつだ》っていたとき、ばあやのイゾリーナがつぶやいた。

「おかしいわね……うちの前の階段《かいだん》で子どもが泣《な》いているような気がするのだけど」

「イゾリーナは、そこらじゅうで子どもの声が聞こえるんだろう」カジミーロおじさんが笑《わら》った。「それはもう、典型的《てんけいてき》な職業病《しょくぎょうびょう》というものだよ」

「また、小さな赤ちゃんの世話がしたいんじゃないのか？」バルダッサッレおじさんも言った。「でも、少なくともエリザが二十歳《はたち》になるまでは、おあずけだな」

「いや、二十五歳《さい》だ」と、レオポルドおじさんが訂正《ていせい》した。「ぼくはエリザが大学を卒業《そつぎょう》するまで、結婚《けっこん》なんて認《みと》めないぞ」

「みんなで勝手なことばかり言って」ばあやが、やれやれという表情《ひょうじょう》で言った。「エリザ

が大学を卒業《そつぎょう》するかどうかなんて、神さまにしかわかりませんよ。レオポルド坊《ぼっ》ちゃん、奥《おく》さまは学校なんて行ってなくても、十七歳《さい》で坊《ぼっ》ちゃんを生んで、りっぱにお育てになったのですからね」

「ばあやがいて、手伝《てつだ》ってくれたからですよ」と、マリウッチャおばあちゃんが言った。「あなたがいなかったら、本当にどうなっていたことやら」

イゾリーナに元気がないようなとき、おばあちゃんはいつもそう言ってはげました。そんなふうにはとても見えないけれど、じつはイゾリーナはもう八十歳《さい》近くで、もともとはマリウッチャおばあちゃんのばあやだったのだ。

エリザには、おばあちゃんもむかしは赤《あか》ん坊《ぼう》だったなんて、とても想像《そうぞう》できなかった。でも、よく考えてみれば地球上の人がだれでもそうだったように、おばあちゃんだって赤ちゃんだったんだ。あの背《せ》の高い、クッションのきいた乳母車《うばぐるま》に乗って、お散歩《さんぽ》に行っていた。それを押《お》していた子守《こも》りがイゾリーナで、おばあちゃんの世話をするために、生まれ故郷《こきょう》の村を出て、おばあちゃんの生まれた家に住みこみで働《はたら》くことになったわけだ。

「あのころは、赤ちゃんを肩《かた》から足まで包帯《ほうたい》でぐるぐる巻《ま》きにする習慣《しゅうかん》がありましてね」と、ばあやは言った。「近ごろの子どもたちよりも、背骨《せぼね》がまっすぐに育ったものですよ」

「そんなのバカげてる」と、レオポルドおじさんが言った。

「バカげてなんかいませんよ。包帯《ほうたい》を巻《ま》いていたおかげで、奥《おく》さまはむかしからとても姿勢《しせい》がよかったじゃありませんか。それにひきかえ坊《ぼっ》ちゃん方《がた》ときたら、まるで年寄《としよ》りのように背中《せなか》を丸めて歩いてらっしゃる……」

おばあちゃんが結婚《けっこん》すると、イゾリーナばあやもいっしょにこの家にやってきて、こんどはおばあちゃんの四人の男の子たちを育てたのだった。そしてお次はエリザ。だから、少しでも子どもの声が聞こえようものなら、ばあやが無意識《むいしき》に耳をそばだててしまうのもむりはなかった。

子どもの泣《な》き声《ごえ》はだんだんと近づいてきて、いまやはっきりと聞こえるまでになった。

「なにかしら?」

おばあちゃんがそう口にしたのと同時に、玄関《げんかん》の呼《よ》び鈴《りん》が鳴った。バルダッサッレおじさんがティーカップをおき、ドアを開けにいった。

そこには若《わか》くて小柄《こがら》な、がりがりにやせた女の人が立っていた。みすぼらしい服装《ふくそう》をしていたけれど、表情《ひょうじょう》は生き生きとして、燃《も》えるような目をしていた。うす汚《よご》れてぶかぶかのセーターを着た女の子の手を、ぎゅっとにぎりしめている。

泣《な》いていたのはその子で、お母さんらしき女の人のうしろにかくれようとしていた。バルダッサッレおじさんの顔を見るなり、女の人は新聞紙にくるまれた大きな包《つつ》みを、おじさんの両腕《りょううで》に押《お》しつけた。

「これで、全部お返ししましたからね」と、その人は言った。「足りないものはないか、確認《かくにん》してください。もちろん、娘《むすめ》にはきちんとお仕置《しお》きをしておきました。うちは貧乏《びんぼう》ですが、どろぼうじゃありません。ぬすみをするような子は、これまでうちには一人もいなかったのに！　このろくでなし！」

そして、いきなり女の子のほっぺたに平手打ちをくらわせた。女の子はますますひどく泣《な》きはじめた。

バルダッサッレおじさんはとまどうばかりで、もごもごと言った。

「すみません、奥《おく》さん。なんのことかさっぱり……」

そのとき、持たされた包《つつ》みのなかでなにかが動き、「ママ、ねむいよ。おねんねしよう」という、あまったれた声が聞こえた。

「母さん！」バルダッサッレおじさんが、おどろいて声をはりあげた。まるで毒《どく》へびでも顔を出したかのように包《つつ》みをじっと見つめていたものの、手を放して落とすことはなかった。「母さーん！　ちょっと来てくれ！」

マリウッチャおばあちゃんが奥《おく》から飛《と》びだしてきた。エリザ、レオポルドおじさん、そしてばあやが、あとに続《つづ》く。

「イオランダじゃないの！」思いがけず、クラスメートの顔を見つけたエリザがさけんだ。「どうして泣《な》いてるの？　いったいなにをされたの？」

「あたし、なんにもぬすんでないって、うちの母さんに言って」イオランダがしゃくりあげながら言った。

「あんたは、まだそんなことを言ってるの？　この、うそつきのどろぼうネコ！」お母さんはわめきちらすと、また平手打ちをくらわせた。

「お母さん、どうか落ち着いてください」レオポルドおじさんが、言い聞かせるように言った。「なにがあったか説明《せつめい》してくれませんか？」

「お宅《たく》はあまりにお金持ちだから、なにも気づかないんですか？　物がありすぎて、少しくらいなくなっても、ぜんぜんわからないんですね」

「なにもなくなってはいませんけど」と、マリウッチャおばあちゃんが反論《はんろん》した。

「お子さんの持ちものですよ。うちのろくでなしの娘《むすめ》が、服やおもちゃをぬすんでも、お宅《たく》は気づきもしないんですか？」

「ぬすんだんじゃないってば！　プレゼントにもらったのよ！」イオランダがきいきい声でわめいた。「エリザ、プレゼントなんだって、母さんに説明《せつめい》して」

「イオランダの言うとおり、これはプレゼントです！」エリザも憤慨《ふんがい》して言った。「わたしたちからのクリスマスプレゼントなんです」

「どういうことなの？　この人形なんて……一万リラもするのに……」イオランダのお母さんは信《しん》じられないという顔をしていたが、すぐにまたケンカ腰《ごし》になった。「すてきなプレゼントですこと！　先生、うちには食べさせなくちゃいけない子どもが七人もいるんですよ。こんな高価《こうか》な人形とコートをもらって、どうしろというんです？　食べられもしないものを……」

「それは失礼《しつれい》しました」レオポルドおじさんはあやまった。「包《つつ》みの中に手紙が入っていたと思うのですが、読んでいただけなかったのですか？」

「うちでは、子どもあての手紙を勝手に読んだりしません！」イオランダのお母さんは、胸《むね》をはって答えた。

「でも、封筒《ふうとう》にはお母さんのお名前を書いておいたのですけど」

「その……じつは字が読めないんです」お母さんは、しぶしぶうちあけた。

「だったら、イオランダに読んでもらえばよかったのに。イオランダなら学校に通ってるから……」エリザが口をはさんだ。

「そんなことをしたって、どうせまた、新しいうそをつくに決まってるでしょ」

「お子さんの説明《せつめい》を信《しん》じてあげるべきでした」そう言うと、レオポルドおじさんは続《つづ》けた。「お母さんあてにこんな手紙を書いたんです。プレゼントが気に入らなければ、《子どもたちのパラダイス》へ行って、おなじ値段《ねだん》のほかのものと交換《こうかん》してもらうこともできますからってね。ぼくが直接《ちょくせつ》、店主のカルダーノさんにお願《ねが》いして、そういうことにしてもらったんです」

「その分、お金をいただくわけにはいきませんか？」イオランダのお母さんは、目をきらりと光らせた。「家賃《やちん》の取りたては来るし、買い物はしなくちゃいけないし……」

「母さんったら！」お母さんのストールをひっぱりながら、イオランダがたしなめた。

「残念《ざんねん》ながら、お金はわたせません」レオポルドおじさんは言った。「これは、クリスマスの慈善事業《じぜんじぎょう》ではなく、子どもたちからお宅《たく》のイオランダさんへのプレゼントなのです。おじょうさんが喜《よろこ》ぶようなものを、なにか選《えら》んであげてください」

「わかりました」お母さんは、少しむっとしたようすで、ぶっきらぼうに言った。「どうもありがとうございました。おじゃましてすみません」

そのあいだ、バルダッサッレおじさんはどうしたものかわからず、ずっと包《つつ》みをかかえていたが、イオランダのお母さんは、そんなおじさんの手から包《つつ》みを受けとると、娘《むすめ》の手を乱暴《らんぼう》にひっぱり、ひきずるようにして階段《かいだん》をおりていった。

「バイバイ、イオランダ！」

エリザはうろたえながら、声をかけた。なぜかはよくわからなかったけれど、悪いことをした気分だった。

「じゃあね、エリザ！」うつむいたままでイオランダが答えた。

「ひどい母親がいたもんだね」ばあやはこぼした。「あんなふうに娘《むすめ》をひっぱたくだなんて。しかもみんなの見ている前で。母親失格《ははおやしっかく》だよ！」

いっぽう、アデライデのうちには字の読める人がいたらしく、だれも文句《もんく》を言いにはこなかった。次の次の日には、プレゼントは四つとも《子どもたちのパラダイス》に返品され、靴《くつ》や下着や、大人たちの洋服と交換《こうかん》された。こうして、プリティー・ドールも、黒ヒョウも、ワンピースも、コートも、ふたたび商品としてお店にならぶことになったけれど、ズヴェーヴァのお父さんはなぜか買おうとしなかった。

「あんな連中《れんちゅう》がいったん手にしたものなんて、だれが買えるか！　おまけに、娘《むすめ》が教室であんな恥《はじ》までかかされたんだ。それもこれもすべて、カルダーノさん、あなたがわたしとの約束《やくそく》をやぶって、品物を売ってしまったからですぞ！　いいですか？　あなたの店になんて、もう二度と行きません」

「どうぞお好《す》きなように！」ロザルバのお父さんは答えた。

そして、あとになってから、奥《おく》さんに正直な気持ちを話した。

「あんな客は、むしろいないほうがせいせいする。それにしても、あのお高くとまった娘《むすめ》へのクリスマスプレゼントを、いったいどこで買うつもりなんだろうね。この町ではうち以外《いがい》、おもちゃを売ってる店はないことぐらい、ロペスさんだって知ってるはずなんだが……。なにより残念《ざんねん》なのは、この騒《さわ》ぎで、あのしゃべる人形が売《う》れ残《のこ》ってしまうことだ。ロペスさんのほかに、買ってくれる人があらわれるかどうか……」

ところが、翌日《よくじつ》にはプリティー・ドールを買った人がいた。いったいだれが買ったかというと、なんと、マリウッチャおばあちゃんが、バルダッサッレおじさんに冗談半分《じょうだんはんぶん》でプレゼントしようと考えたのだ。しゃべったり泣《な》いたりするこの機械《きかい》じかけの人形を腕《うで》にかかえて、うろたえているおじさんのすがたが、とてもゆかいだったので、クリスマスの朝、その人形をかごに入れて、プレゼピオの前にこっそりおいておくつもりだった。

マッフェイ家の人たちは、人形を持てあましたバルダッサッレおじさんが、あとでエリザにプレゼントするだろうと思っていたのだけれど、見当ちがいだった。バルダッサッレおじさんは人形を自分の部屋に持っていき、たんすに大事にしまったのだ。それきり、だれもその人形を見ることはなかった。バルダッサッレおじさんが一人のとき、こっそりたんすから出して遊んでいたかどうかは、謎《なぞ》のままだ。

10 「プレゼピオを見ながら考えたこと」（プリスカの作文）

むかしあるところに、エンマという名前の女の子がいました。エンマはとうぞく団《だん》の親分で、とうぞくたちは、かの女《じょ》の言うことだったらなんでも聞きました。どうしてかというと、エンマはあるとき、さばくのすなの中で、まほうのランプを見つけて、それをこすったら巨大《きょだい》な男の人があらわれたのです。ものすごい力持ちで、空を飛《と》ぶことも、とうめい人間になることも、なんでもできるこの大男は、エンマのめし使いになりました。

とうぞくたちがエンマにさからって、たからを持ってにげようと計画するたびに、エンマはランプから巨人《きょじん》をよびだします。そして、つかまえて、こんぼうでなぐるように命令《めいれい》します。そのおかげで、あらくれ男ばかりのとうぞく団《だん》のきりつが守られるのでした。

とうぞくたちはみんな、どうくつでくらしていました。どうくつに入るためには、まほうのじゅもんをとなえなければなりません。昼間は馬に乗ってさばくをうろつき、お金持ちの商人のキャラバンを見つけると、おそいかかって、高価《こうか》なものをごっそりぬすむのでした。ところが、日照《ひで》りやききんからのがれるため、オアシスからオアシスへとわたり歩いているまずしい人たちに出会うと、エンマはその人たちをどうくつにまねき、ゆっくりと休ませてから、たくさんの宝物《たからもの》や、食べもの、そして子どもたちのおもちゃを持たせてあげるのでした。

ある日、エンマが手下《てした》のとうぞくたちと馬にまたがって、さきゅうを歩いていると、長いキャラバン隊《たい》が遠くに見えました。荷物をたくさん積《つ》んだひとこぶラクダやふたこぶラクダが、何頭もならんで歩いていきます。歩いている人たちもおおぜいいますし、犬や馬もいます。どうやら、三人の老人《ろうじん》がその隊列《たいれつ》の頭《かしら》のようでした。というのも、たくさんの家来《けらい》がまわりにひかえていて、日ざしをよけるために、日がさをさしたり、うちわであおいだりしていたからです。

「ゆうかんなとうぞくどもよ、あの隊列《たいれつ》におそいかかれ!」

そうエンマがさけぶと、あっというまにキャラバン隊《たい》の人たちは、みんなつかまえられ、三人の頭《かしら》たちも、つかまってしまいました。サラミのようにロープでぐるぐる

巻《ま》きにされた三人に、

「あなたたちはだれ？　そんなにたくさんの宝物《たからもの》を持って、どこへ行こうとしてるの？」と、エンマがたずねました。

「われわれは東方の三博士《さんはかせ》です。生まれたばかりの赤ちゃんのお祝《いわ》いに、ベツレヘムまで行くところです」

「その赤ちゃんは、お金持ち？　それともまずしい？」と、エンマが聞きました。

「とてもまずしいです。親が宿代《やどだい》をはらうお金も持っていなかったので、馬小屋で生まれたくらいですから」

「じゃあ、あたしもいっしょに行くわ」と、エンマは言いました。

エンマは、三人をつかまえたことをあやまりました。そして、とらえた人たちを自由にしてやるようにと手下《てした》に命令《めいれい》して、出発のじゅんびをさせました。

こうして、みんなはベツレヘムにむかって歩きはじめました。昼間は、じしゃくをたよりに方向をかくにんしながら歩きます。夜は、すい星の方角を目指すか、そうでなければ三人の博士《はかせ》のうち、望遠鏡《ぼうえんきょう》を発明した博士《はかせ》のあとをついて歩きました。その博士《はかせ》は、ほかの人たちよりもすい星がよく見えましたし、天文学を用いた特別《とくべつ》な計算もできたからです。

ずいぶん歩いたところで、あたりのヤシの木が雪でおおわれている景色《けしき》が見えてきました。草原には細い道がいくつもできています。羊をかたにかついだ羊かいや、せんたくをしにいく女の人、果物《くだもの》の入ったかごを頭にのせている若者《わかもの》、バクパイプふき、めんどりたちにエサをあげている女の人などが、次から次へと通りすぎていくのでした。

「ベツレヘムのすぐ近くまで来ているしょうこです」

三人のなかでいちばん年をとった博士《はかせ》が、エンマに説明《せつめい》してくれました。

「おかの上の、明かりがともっているおしろが見えますか？　あれが、ヘロデ大王の宮でんです。とてもしんけいしつな王さまで、小さな子どもは、うるさいからと言って、一人残《のこ》らず殺《ころ》すように命令《めいれい》しています」

「あたしの父さんも子どもがきらいで、とくに夜中になきだす子はがまんできないって言ってた」と、エンマが言いました。

「窓《まど》から投げすてたくなるんだって。でも、ロウでできた耳せんをすれば、気にならなくなるみたい」

エンマはランプをこすって巨人《きょじん》をよびだすと、宮でんに行って、ヘロデ大王をこんぼうで何度もなぐるように命令《めいれい》しました。

「そのあとで大王を、生まれて三か月ぐらいの赤ちゃんに変《か》えておしまい！　そうすればきっと反省《はんせい》するでしょうよ」

「ご主人さまのおおせのとおり」

巨人《きょじん》はそう答えると、飛《と》んでいきました。

エンマたちはベツレヘムのどうくつにたどりつきました。ちかちかと点めつする緑や赤の光でかざられたどうくつの上には、天使がいて、空色の横断《おうだん》まくをかかげていました。

「心やさしい人たちと地球に、平和を」

どうくつの中には、聖母《せいぼ》マリアとナザレのヨセフがいて、エンマたちお客さんをあたたかくむかえてくれました。地面にしかれたわらぶとんの上では、おさな子イエスがねむっていました。おなかの上に小さな青い布《ぬの》きれが一枚《まい》かけられていましたが（なぜそれが下に落ちないのかはわかりません）、あとは全身、はだかでした。

三人の博士《はかせ》はラクダからおり、おさな子イエスに、黄金と乳香《にゅうこう》と没薬《もつやく》（樹脂《じゅし》からつくられる薬。ミルラ）のおくり物をわたしました。

エンマも馬からおりて、聖母《せいぼ》マリアにあいさつしました。それから、たずねました。

「でも、どうして赤ちゃんに洋服を着せてあげないの？　まるでイモムシみたいにはだかんぼうなんて……」

「だって暑いんですもの」聖母《せいぼ》マリアは答えました。

「暑いようには思えないけど」と、エンマは反論《はんろん》しました。

「もう十二月よ。ヤシの木にまで雪が積《つ》もっているというのに……。あなたもだんなさんも、長そでの洋服を着てるじゃない。羊かいやバグパイプふきなんて、毛皮のジャンパーを着てるのよ。三人の博士《はかせ》だって、頭にターバンを巻《ま》いてマントをはおってるわ」

そういうエンマも、雪を見てあわてて、あついくつ下をはき、セーターを着て、毛糸のぼうしをかぶったのでした。

聖母《せいぼ》マリアは少しうろたえて、言いわけをしようとしました。

「ロバと牛が息をふきかけて、この子をあたためてくれますから……」

「えいせい上の問題だらけだわ」エンマが言いました。

「それに、シーツもしいてないから、赤ちゃんのはだに、わらが直接《ちょくせつ》当たってる。ダニにかまれたらどうするの？　おはだだって、あれちゃうわよ。赤ちゃんのおはだはとてもデリケートなのに……」

「そういうことはあまりくわしくないんです。はじめての赤ちゃんですから」聖母《せいぼ》マリアは言いました。

「わたしの言うことにまちがいないわ。去年、弟のフィリッポが夜じゅうずっとないていて、家族みんながぜんぜん眠《ねむ》れなかったことがあったけど、アントニアがよく見たら、おしりがサルみたいに真《ま》っ赤《か》になってたの。こまめにオムツをとりかえなかったのが原因《げんいん》だったたってわけ。あなたは一日に何回、赤ちゃんのオムツをかえてる？」

「正直なところ、一度もかえません。うちの子は、あなたの弟さんのような布《ぬの》オムツはしてませんから」

「じゃあ、あの青い布《ぬの》きれはなんなの？」

「見た目がいいようにですよ。それと、はずかしくないように。つまりその、あれが見えないようにするためです。おわかりですよね？」

「きっとオシッコでびっしょりになってるわ」と、エンマが言いました。「男の子って、ふん水みたいなオシッコをするんだから」

「知りませんでした。わたし、そういうことに、本当にうといのです」と、聖母《せいぼ》マリアは言いました。

そこでエンマは、ランプをこすり、またしても巨人《きょじん》をよびだしました。

「フレッテというお店までひとっ走りして、生まれたばかりの赤ちゃんのお洋服をひとそろい買ってきてちょうだい。お願《ねが》いよ。シーツとまくらカバー、毛布《もうふ》、防水《ぼうすい》マット、オムツ、安全ピン、下着とTシャツ、毛糸のくつ下と、顔をひっかかないようにするためのガーゼの手ぶくろ、よだれかけとベビー服、それに、ものすごくやわらかい毛糸であんだセーターを四まいか五まい。サイズは、SSとSよ。それから、ベビーバスと、目に入ってもしみないベビーシャンプー、バスローブ、ベビーパウダー、あと、おはだのえんしょうをおさえるクリームも必要《ひつよう》ね。お魚の形をした湯温計と、おふろにうかせるおもちゃのアヒルもわすれないで」

「まあ、ずいぶんくわしいのですね！」聖母《せいぼ》マリアはしきりに感心しました。

「いえ、それほどでも」エンマはけんそんして言いました。「弟が生まれたときに、いろいろ覚《おぼ》えたの。そのあと何度もくりかえしてお人形遊びもしたし……」

ランプの巨人《きょじん》は、たのまれた物を全部かかえて、あっというまにもどってきました。それだけでなく、自分の考えで、うば車も買ってきていました。青いうば車です。

「ありがとうございます。こんなにすてきなプレゼント、これまで一度ももらったことがありません」聖母《せいぼ》マリアは、感げきしました。

「どういたしまして」エンマはれいぎ正しく答えると、赤ちゃんにキスをし、馬のせなかにまたがりました。そしてとうぞくたちに、出発を命じました。

こうしてエンマたちはみんな、自分たちのどうくつに帰ってきて、いつまでも幸せにくらしましたとさ。

エンマが十六さいになったとき、ベドウィン族《ぞく》〔アラブの遊牧民族《ゆうぼくみんぞく》〕の王子さまと結《けっ》こんし、十七人の子どもにめぐまれました。八人の男の子と九人の女の子です。

さばくはものすごく暑かったけれど、エンマは自分の子どもたちを、はだかのままでわらの上にねかせたりはしませんでした。いつ、だれがお祝《いわ》いに来てもだいじょうぶなように、いつもししゅうのあるきれいな服を着せてあげていたということです。

1月
GENNAIO

1　先生、イオランダを停学処分《ていがくしょぶん》にする

一月六日の公現祭《エピファニー》〔東方の三博士《さんはかせ》によって幼子《おさなご》イエスが見いだされたことを記念《きねん》する祝日《しゅくじつ》〕で冬休みも終わり、七日にはまた学校へもどらなければならなかった。

新学期が近づいてくるにつれ、プリスカとエリザとロザルバは心配でたまらなくなってきた。冬休み前に先生が口にしたおどし文句《もんく》が、頭から離《はな》れなかったのだ。

「冬休みが明けたら、きちんと処罰《しょばつ》します」

だれよりもいちばんびくびくしていたのは、エリザだった。そんなエリザを、ロザルバはなんとか安心させようとした。

「先生は、『ケンカの原因《げんいん》をつくった人と、やられたからやり返しただけの人をしっかり見きわめる』って、言ってたじゃない。最初《さいしょ》にケンカの原因《げんいん》をつくったのがズヴェーヴァだってことは、だれの目にも明らかよ」

それでもエリザは落ちこんだままだった。

「はじめたのは、わたしたちじゃないの？　プリスカが勝手に立ちあがって、三博士《さんはかせ》についてのヘンテコな詩の朗読《ろうどく》をしたのが最初《さいしょ》だったのよ」

「先生が読んだ詩よりも、よっぽどましだったでしょ！」プリスカが少しむっとして反論《はんろん》した。それから、こうつけくわえた。「ねえ、ちょっと試《ため》したいことがあるんだけど……。ひょっとするとエリザの言うとおり、スフォルツァ先生は、あたしたちに騒《さわ》ぎの責任《せきにん》があるって思ってて、どんな罰《ばつ》を与《あた》えるのかも決めているのかもしれない。でもさ、先生ってごきげんとりで、えらい人に弱いタイプだと思わない？　もしそうだとしたら、罰《ばつ》を受けないですむ方法《ほうほう》があるかもしれない」

「どんな方法《ほうほう》？」

「エリザのおばあちゃまのルクレツィア夫人《ふじん》に、学校まで送ってもらうの」

「そんなの、うまくいくわけない」エリザは否定的《ひていてき》だった。

「だけど、試《ため》してみるだけなら、なんの損《そん》もないでしょ？」ロザルバが説得《せっとく》にまわった。

ルクレツィアおばあちゃまは、大喜《おおよろこ》びで孫《まご》の願《ねが》いを聞いてくれた。おばあちゃまとしては、学校まで毎日、運転手つきの車でエリザの送《おく》りむかえをさせたいぐらいだったのだ。

「車だって、少しぐらい空気にあてたほうがいいんですよ。ずっとガレージにしまったままじゃ、カビが生えてしまうもの」

「ぼくは、自動車の健康《けんこう》よりもエリザの健康《けんこう》を大切にしたいんでね」レオポルドおじさんは決まってそう答えるのだった。「毎朝、学校まで歩くのは、とても健康的《けんこうてき》ですからね」

「運転手さんだけじゃなくて、おばあちゃまにも学校までいっしょに来てほしいの！」

その日、エリザはそこのところを何度も強調した。もちろん理由は説明《せつめい》しなかった。なんとなく思いついた気まぐれなのだけれど、実現《じつげん》しないことには気がすまないとでもいうように。早起きに慣《な》れていないルクレツィアおばあちゃまは、ぶつぶつ文句《もんく》を言ったものの、けっきょく、いっしょに来てくれることになった。

幸運が味方《みかた》したのか、ぴかぴかの黒塗《くろぬ》りの高級車が学校の前にとまったちょうどそのとき、スフォルツァ先生がやってきた。子どもたちが車のまわりをとりかこんでものめずらしそうに見守るなか、制服《せいふく》すがたの運転手がおりてきて、後部座席《こうぶざせき》のドアを、おじぎをしながら順《じゅん》に開けた。スフォルツァ先生も興味《きょうみ》しんしんで、足をとめて見ている。

そして、そのりっぱな車から自分が担任《たんにん》しているクラスの生徒《せいと》が三人おりてきて、礼儀《れいぎ》正《ただ》しくあいさつをすると、先生の口もとには誇《ほこ》らしげな笑《え》みが浮《う》かんだ。ついで、運転手の手袋《てぶくろ》をはめた手にかるく支《ささ》えられるようにして、ルクレツィア・ガルデニゴ夫人《ふじん》が学校の前の歩道におりたった。ミンクの毛皮を着て、昼間らしくひかえめなジュエリーで身をかざり、完《かん》ぺきに整《ととの》えられた髪型《かみがた》に上品な帽子《ぼうし》をちょこんとのせた、ガルデニゴ夫人《ふじん》のすがたを認《みと》めたとたん、先生は小走りで近づいていき、すっかり感激《かんげき》しながらお辞儀《じぎ》をした。

「ガルデニゴ夫人《ふじん》！　おどろきました。いったいなんのご用でわざわざ当校へ？」

ルクレツィアおばあちゃまは、先生のことを頭のてっぺんから足の先まで、威厳《いげん》たっぷりに見すえた。

「先生は、ずいぶんと小さなことでおどろかれるのですね。祖母《そぼ》が孫《まご》を学校まで送るのは、そんなにふしぎなことですか？」

「とんでもありません。お孫《まご》さんのエリザさんは天使のようですわ！」スフォルツァ先生が声をうわずらせて言った。「本当にすばらしいお子さんですこと」

「うちの天使は学校ではどうですか？　しっかり勉強してますか？　生活態度《せいかつたいど》はどうです？　ガルデニゴ家の名に恥《は》じない子ですか？　先生の自慢《じまん》の生徒《せいと》でしょうか？」

「いちばん優秀《ゆうしゅう》です！　クラスでいちばん優秀《ゆうしゅう》ですのよ。担任《たんにん》させていただけて、本当に光栄《こうえい》です」先生はすかさず、あまったるい声でそう答えた。

「それはよかった。エリザもおなじくらい先生のご指導《しどう》に満足《まんぞく》しているといいのですけれど……」ルクレツィアおばあちゃまは、スフォルツァ先生が握手《あくしゅ》しようとさしだした手を無視《むし》して、そう言いそえた。

エリザははらはらした。ルクレツィアおばあちゃまがそんなふうに、お高くとまった、よそよそしい態度《たいど》をとっているのを見ると、決まって、たまらなく居心地《いごこち》が悪くなるのだ。ルクレツィアおばあちゃまは子どものころ、ズヴェーヴァに輪《わ》をかけて、にくたらしい子だったにちがいない。

それにひきかえ、プリスカはうれしそうだった。エリザをひじでつっつくと、小声でささやいた。

「ほらね、うまくいったでしょ？　思ったとおり、先生はえらい人に弱いのよ。これでエリザはだいじょうぶ。あとは、エリザのおばあちゃまの影響力《えいきょうりょく》が、あたしやロザルバにまでおよぶことを祈《いの》るだけね」

ルクレツィアおばあちゃまはエリザのおでこにキスをして、先生によそよそしい会釈《えしゃく》をすると、ふたたび車に乗りこみ、車を出すようにと運転手に命じた。

そのとき、先生があまりに思いがけない行動に出たので、プリスカたちはあきれはてて、ぽかんと口を開けるしかなかった。学校の前の歩道で、みんなが見ているのもおかまいなしに、エリザを自分のほうにひきよせ、おでこの、ルクレツィアおばあちゃまがキスしたのとおなじ場所にキスをしたのだ。エリザは、まるでぬめぬめのヘビに舌《した》でなめられたかのような感触《かんしょく》がした。

「こんなくだらないお芝居《しばい》を演《えん》じるくらいだったら、罰《ばつ》を受けたほうがよかったんじゃないの?」教室に入ってから、エリザは小声でプリスカにささやいた。「これじゃあ、あたしたち三人も、〈ごきげんとり〉と変《か》わらないじゃない」

「敵《てき》とおなじ武器《ぶき》で戦《たたか》うのがいちばんなの」プリスカはきっぱりと言った。

ところが、最初《さいしょ》のうちは、せっかくのお芝居《しばい》がぜんぜん効果《こうか》を発揮《はっき》していないように思われた。

朝の出席確認《しゅっせきかくにん》とお祈《いの》りを終えて、掃除《そうじ》の点検《てんけん》もすませると、先生はふたたび出席簿《しゅっせきぼ》をひらき、プリスカとロザルバのことをきびしい目で冷《ひ》ややかに見つめたのだ。

「冬休みに入る前の日に、たいへん不愉快《ふゆかい》なできごとがありました」と先生は口をひらいた。「そのため、次のような処分《しょぶん》を決定いたしました」

——どうしよう! 「生活態度《せいかつたいど》」に0がつけられる!——ロザルバは、つくえの天板《てんばん》をぎゅっとにぎりしめて身がまえた。手のひらには、じっとりと汗《あせ》をかいている。

「ロザルバ・カルダーノは、お父さんのお仕事を利用《りよう》して、秘密《ひみつ》にしておかなければいけない情報《じょうほう》を他人に教えました。したがって厳重注意《げんじゅうちゅうい》とします。プリスカ・プントーニは、わたしが禁《きん》じたにもかかわらず、勝手に詩を朗読《ろうどく》したことと、まるでちんぴらのように暴《ぼう》力《りょく》をふるったことに対して、やはり厳重注意《げんじゅうちゅうい》とします。この注意書きは、鉛筆《えんぴつ》で書いておきました。二人が今後も好《この》ましくない行動を続《つづ》けるようだったら確定事項《かくていじこう》とし、改《あらた》めるようでしたら消しますので、心しておくように」

先生はそこでしばらく間《ま》をおいた。プリスカとロザルバは安心してほっと息をついた。「厳重注意《げんじゅうちゅうい》」ならば、たとえ確定事項《かくていじこう》としてインクで上書きされたとしても、それほど深《しん》刻《こく》な問題ではない。「厳重注意《げんじゅうちゅうい》」四回で「生活態度《せいかつたいど》」の評価《ひょうか》が1点下がるだけだ。教室のみんなは、先生の口からどのような続《つづ》きが発せられるのか、かたずをのんで見守っていた。はたしてズヴェーヴァはどんな罰《ばつ》を受けるのだろうか？　そしてエリザは？　親友二人の計画にエリザも加《くわ》わっていたことは、火を見るよりも明らかだった。

スフォルツァ先生はゆっくりと出席簿《しゅっせきぼ》を閉《と》じた。それから手を伸《の》ばしたかと思うと、教《きょう》卓《たく》のうしろの壁《かべ》に立てかけてあった一メートル半ぐらいの長さの棒《ぼう》をつかんだ。そこに棒《ぼう》があるだなんて、それまで子どもたちはだれも気づいていなかった。

「わたしとしても、このようなお仕置《しお》きはしたくはないのですが……」先生は悲しそうな口ぶりで言った。「ですが、このクラスのなかには、あまりにゆるせない行動をとった人がいたので、こうするよりほかに仕方ありません」

先生はその長い棒《ぼう》を宙《ちゅう》でいきおいよくふって、びゅんとしならせた。

エリザは恐怖《きょうふ》を感じた。内心では、こんどこそ自分とズヴェーヴァの番だとおそれていたものの、顔色ひとつ変《か》えなかった。まるで、自分は罰《ばっ》せられないと最初《さいしょ》からわかっていたかのように。

じっさい、先生が氷のようなおそろしい声で呼《よ》んだのは、まったくべつの名前だった。

「アデライデ！　イオランダ！」

「あたし？　あたし、なにもしてません……」

アデライデが泣《な》きだした。〈うさぎ〉グループと〈わんぱく〉グループの子たちのひとみには、あまりに不公平《ふこうへい》なその仕打ちに、怒《いか》りの炎《ほのお》がめらめらと燃《も》えあがった。マルチェッラは、口の中でもごもごとなにかつぶやいた。

「静《しず》かに！」先生が命令《めいれい》した。「アデライデ、自分がなにをしたのかわからないのなら、先生が教えてあげましょう。あなたはクラスメートに恥《はじ》をかかせました。ですので、この棒《ぼう》で五回たたきます。さあ、両手をそろえてつくえの上に乗せなさい。手のひらを上にして！」

アデライデは、ふるえながらも先生に言われたとおりにした。長い棒《ぼう》が一回、二回、三回とふりおろされるたびに、泣《な》きだしたいのをこらえて、下くちびるをぎゅっとかむ。クラスの全員が息をのんで見つめていた。エミリアは張《は》りつめた笑《わら》い声《ごえ》をあげた。

「さあ、お次はイオランダ！」先生の声がひびいた。「あなたは、ズヴェーヴァをひっぱたきましたね。あなたのような子が、りっぱな家柄《いえがら》のクラスメートに手をあげるなんて、よくもそんなことが……」

「先に手を出してきたのはズヴェーヴァです」と、イオランダが口答えをした。

「弁解《べんかい》はおよしなさい。あなたは、警察《けいさつ》を呼《よ》ばれてもおかしくないくらいひどいことをしたのです。ですが、棒《ぼう》で二十回たたくだけで勘弁《かんべん》してあげましょう。そのあと、あなたはうちに帰りなさい。一週間の停学処分《ていがくしょぶん》です。家でしっかり反省《はんせい》するように。さあ、両手をそろえて」

二十回なんて多すぎる……。空中でうなり声をあげながら棒《ぼう》が力いっぱいふりおろされ、イオランダの手のひらに赤いあとが残《のこ》った。

ズヴェーヴァは自分の席《せき》にすわったまま、仕返しというのはあまい味がするのだなと思いながら、その光景《こうけい》を満足《まんぞく》そうにながめていた。

プリスカは死人のように青ざめた顔をしていた。くちびるはむらさき色で、心臓《しんぞう》がどくんどくんと大きな音を立てている。

――先生のごきげんとり！――ありったけの憎《にく》しみをこめて思った。――先生のごきげんとり！　あたしたちを罰《ばっ》する勇気《ゆうき》がないのね？　あたしたちの親がこわいからでしょ？　あの二人ならば、たとえ学校で体罰《たいばつ》を受けたことを家で話したって、親にもぶたれるのがオチだってわかってるのね？　先生の顔につばを吐《は》いてやる！　めちゃめちゃにふみつぶしてやる！　先生なんて、いなくなったらいいのに！――

プリスカは、これ見よがしに手帳になにやら文章を書きはじめた。先生が見つけてくれることを祈《いの》りながら。

有力者の前でひざまずくごきげんとりは、みじめなドブネズミだ。だけど、自分のけん力《りょく》をふりかざして、自分よりも力の弱い者をひざまずかせるごきげんとりは、ざんにんなハイエナで、最低《さいてい》の存在《そんざい》だ。

ところが、先生はプリスカのほうを見ようともせずに、イオランダの手をたたきつづけた。イオランダは悪びれたようすもなく、先生の目をじっと見つめている。

スフォルツァ先生がたたくのをやめると、イオランダは両手をスモックの腰《こし》のあたりでこすり、負けん気たっぷりに言った。

「ちっとも痛《いた》くなかった」

「出ていきなさい！」先生は教室の入口を指《ゆび》さして命令《めいれい》した。「マルチェッラ、用務員《ようむいん》さんを呼《よ》んできてちょうだい。停学処分《ていがくしょぶん》にする生徒《せいと》がいるから、職員室《しょくいんしつ》まで連《つ》れていくようにと伝《つた》えるのです」

そして、イオランダがなぜ一週間の停学処分《ていがくしょぶん》を受けなければならないのか、その理由を平然《へいぜん》と出席簿《しゅっせきぼ》に書きこんだ。

2　エリザ、めずらしくかんしゃくを起こす

「だいだいだいっきらい！」

怒《いか》りにまかせていすをけとばしながら、エリザがさけんだ。キッチンにあるふつうのいすで、ちょっとペンキがはげたところがあるけれど、いすにはなんの罪《つみ》もない。

「おやまあ、ずいぶん怒《おこ》ってるじゃないか」バルダッサッレおじさんが言った。「エリザが生まれたときから見てきたが、それほど陰湿《いんしつ》で、すさまじい感情《かんじょう》にとらわれているのを見るのは、はじめてだよ」

「バルダッサッレ坊《ぼっ》ちゃん！　そんなオペラの歌詞《かし》みたいな話し方をしないで、もっとわかりやすく話してくださいな」ばあやがおじさんをしかりつけ、エリザにやさしくたずねた。「エリザ、だれのことがそんなにきらいなのか、話してちょうだい」

「先生よ。スフォルツァ先生。わたし、あの先生が大っきらいなの」エリザが地団太《じだんだ》をふみながらくりかえした。

「エリザや。先生がきらいって、どういうこと？」体罰《たいばつ》の棒《ぼう》のことも、先生の最近《さいきん》のひどい仕打ちのことも知らないマリウッチャおばあちゃんは、寝耳《ねみみ》に水《みず》だと言わんばかりの顔をしている。「先生になにかされたの？　エリザがそんなふうにとりみだすほど怒《おこ》るなんて、いままで一度もなかったのに……」

「先生のせいで、プリスカが心臓破裂《しんぞうはれつ》で死んじゃうかもしれないの」エリザが悲しそうに言った。

「それを言うなら、心筋梗塞《しんきんこうそく》だ」そのとき部屋に入ってきたレオポルドおじさんが、反《はん》射的《しゃてき》に訂正《ていせい》した。「言葉は正確《せいかく》に使うように」それから、ようやく話の内容《ないよう》に注目した。

「心筋梗塞《しんきんこうそく》で死ぬって、いったいだれが？」

「プリスカ」

「そいつはたいへんだ。そんなにたいへんなことになってるのか？」レオポルドおじさんは、なんだかにやにやしている。

「怒《おこ》ってるときのプリスカの心臓《しんぞう》、すごい音がするんだから」エリザが少しむっとして言った。

「だいじょうぶ。心筋梗塞《しんきんこうそく》の心配はないよ。ぼくの言うことを信《しん》じてくれ」レオポルドおじさんは、まじめな口ぶりになって言った。「プリスカみたいに元気いっぱいな九歳《さい》の子どもが心筋梗塞《しんきんこうそく》になる可能性《かのうせい》は、ほとんどゼロに近い。最近《さいきん》の統計《とうけい》によると……」

「どくんどくんどくんって、すごい音がするんだから。あれじゃあ、いつか本当に破裂《はれつ》するわ！」エリザは、レオポルドおじさんの説明《せつめい》をさえぎった。

「まあ、どうしましょう！　心臓《しんぞう》が破裂《はれつ》だなんて！　あの子は本当に感情《かんじょう》の起伏《きふく》がはげしいから……」マリウッチャおばあちゃんが大きく息をついた。「だけど、スフォルツァ先生とどんな関係《かんけい》があるの？」

「こんどは、どんなひどい仕打ちをされたんだい？」カジミーロおじさんが、からかい半分に言った。

自分の話を真剣《しんけん》に聞いてもらえないことがなによりきらいだったエリザは、めそめそしはじめた。なにやらよくわからないことを、もごもごと口のなかでつぶやいている。どうにか聞きとれたのは、「スプーンのせいなの」という言葉だけだった。

「そんなに感情的《かんじょうてき》になるものじゃないよ」バルダッサッレおじさんが落ち着きはらって言った。「女性《じょせい》が世界を支配《しはい》できなかったのは、いつもそうやってすぐにポケットから涙《なみだ》をとりだすからだ。どんなスプーンのことか、ちゃんと話してくれ」

「タラの肝油《かんゆ》を飲むためのスプーンよ」

「なんてことだ！」カジミーロおじさんが信《しん》じられないというように言った。「まさか、あのまずいものを飲まされたんじゃないだろうな？」

「参考《さんこう》までに言わせてもらうが……」レオポルドおじさんがすかさず反論《はんろん》した。「きみの言う、その『まずいもの』には、ビタミンが豊富《ほうふ》にふくまれている。栄養不足《えいようぶそく》でがりがりにやせた子どもたちにとっては、かんたんに手に入れることのできる最高《さいこう》の栄養補給源《えいようほきゅうげん》なんだよ」

「だけど、エリザもプリスカも、ありがたいことに栄養不足《えいようぶそく》でもなければ、やせてもいないぞ」カジミーロおじさんが口をはさんだ。

「あたしたちが飲まされてるんじゃなくて……」エリザがしゃくりあげながら説明《せつめい》した。「タラの肝油《かんゆ》は、各《かく》クラスの、おうちがあまり豊《ゆた》かじゃない子に飲ませるようにって、校長先生が言ったんだって」

「いいかい、エリザ。いつまでもめそめそするのはやめて、頭をしっかり働《はたら》かせてくれないかな」バルダッサッレおじさんが、エリザをひざに抱《だ》きあげて話しはじめた。「前に何回も説明《せつめい》しただろう。うちは例外的《れいがいてき》に恵《めぐ》まれてるけれど、戦争《せんそう》が終わったばかりのころは、物の値段《ね だん》が信《しん》じられないほど高くなって、栄養《えいよう》のいい食べものが手に入らない貧《まず》しい人も大勢《おおぜい》いた。わずかばかりのパスタやジャガイモと、野に生えている草だけとかね。子どもたちはいつだってお腹《なか》をすかしてた。それだけじゃなく、栄養失調《えいようしっちょう》になると、くる病という病気にかかって骨《ほね》が曲がってしまうとか、成長《せいちょう》にもいろいろと問題があるんだ。それで、戦争《せんそう》が終わって、また学校がはじまると、栄養《えいよう》の足りない子どもたちに、学童保護《がくどうほ ご》協会《きょうかい》が一日一食、無料《むりょう》であたたかい給食《きゅうしょく》を食べさせることと、肝油《かんゆ》を飲ませることを決めたんだ。肝油《かんゆ》は、たしかにおいしくないから飲みこむのがたいへんだけど、体の成長《せいちょう》に必《ひつ》要《よう》な質《しつ》のいいビタミンがたくさんふくまれている。だから、エリザのクラスメートにそれを飲ませているとしたら、それはその子たちのためになるんだ。先生だって、べつに意地《い じ》悪《わる》がしたくて飲ませてるわけじゃない」

「それはわかってるの」説明《せつめい》を聞いているあいだに泣《な》きやんでいたエリザが言った。

「だったら、プリスカにも教えてあげればいいじゃないか。弱い者の味方《み かた》をしたいなら、もっとべつの理由を見つけろってね」

「だから、問題は肝油《かんゆ》じゃなくて、スプーンなんだってば」

「だったら、そのスプーンの事件《じ けん》を、もっとわかるように話してちょうだいな」ばあやがうながした。「この調子じゃあ、あしたまでずっと話してたって、なにがあったのかさっぱりわからないまま、プリスカの心臓《しんぞう》が破裂《はれつ》しないかどうか、はらはらしてなきゃならないよ」

そこでエリザは、バルダッサッレおじさんの首にぎゅっと抱《だ》きついたまま、ようやく話しはじめた。

3　エリザ、スプーンの事件《じけん》をおじさんたちに話して聞かせる

三日か四日前、一週間の停学処分《ていがくしょぶん》になっていたイオランダが、用務員《ようむいん》さんにつきそわれて教室にもどってきた。そのとき用務員《ようむいん》さんは、校長先生からの手紙と、謎《なぞ》の茶色の小びんをスフォルツァ先生にわたした。先生がそれを、いやいや受けとったものだから、クラスのみんなはなんだろうとふしぎに思って見ていた。

みんな、「タラの肝油《かんゆ》」という言葉は聞いたことがあったけれど、四年D組では、それまで肝油《かんゆ》を飲まなくてはいけないほど栄養《えいよう》の足りていない子はいなかったから、茶色の小びんが教室の中まで入ってきたことはなかったのだ。

だけど、アデライデとイオランダはその小びんのことをよく知っていたし、中に入っている液体《えきたい》の、吐《は》き気《け》をもよおすようなにおいや味にもおなじみだった。小学校に入学した最初《さいしょ》の日から、ずっと飲まされていたからだ。

二人は、栄養《えいよう》をおぎなうための肝油《かんゆ》を学童保護協会《がくどうほごきょうかい》が無料《むりょう》で配っていることも、それを飲むためのスプーンは自分たちで家から持ってこなければならないことも、ちゃんと知っていた。だから、べつに先生に言われなくても、次の日には古新聞でくるんだブリキのスプーンを、かばんに入れて持ってきていた。

十一時に休み時間が終わったとき、アデライデとイオランダは、しょうがないなあという顔つきで、一回分の肝油《かんゆ》を飲みほそうと教壇《きょうだん》の前に出てきた。みんなはそれを興味《きょうみ》しんしんで見つめていたけれど、二人にしてみれば、ちっとも目新しいことではなかった。二人がおどろいたのは、そのまずい栄養補給剤《えいようほきゅうざい》を飲まなくてはいけないのが、自分たち二人だけだということだった。それまでに二人が通っていたクラスでは、十一時になると、半分以上《いじょう》の生徒《せいと》たちが教壇《きょうだん》の前で一列にならび、タラの肝油《かんゆ》を飲んでいた。

スフォルツァ先生は、スプーンの柄《え》の先端《せんたん》を二本の指でつまむと、不愉快《ふゆかい》そうに鼻をゆがめた。そして、肝油《かんゆ》を飲みおわった二人が、油っぽいスプーンをそのまま新聞紙に包《つつ》むのを見て、どなりだした。

「なんてことをするのです？　手《て》洗《あら》い場《ば》へ行って、せっけんできちんと洗《あら》ってから、しまいなさい。それと、あしたからは新聞紙ではなくて、洗《あら》いたての布《ぬの》のナプキンに包《つつ》んで持ってくること」

その次の日、二人がスプーンを包《つつ》んで持ってきた布《ぬの》は、いくらか黒ずんでいたけれど、先生は見て見ぬふりをした。ところが、下校の時刻《じこく》になって、四年D組がいつもの行進をしているとちゅうで、おそろしいことが起こった。生徒《せいと》たちが完《かん》ぺきな列をつくって階段《かいだん》をおりはじめたところ、おんぼろのかばんのなかでゆすられていたアデライデのスプーンが、かばんに開いていた穴《あな》をすりぬけて、階段《かいだん》に落ちてしまったのだ。しーんと静《しず》まりかえるなかで、カチャーンという金属《きんぞく》の澄《す》んだ音が、まるで銀の鐘《かね》を鳴らしたみたいにひびいた。

生徒《せいと》たちの列のすぐ横でいっしょに行進していたスフォルツァ先生は、その場で立ちどまって、信《しん》じられないという表情《ひょうじょう》を浮《う》かべた。アデライデもスプーンをひろうために立ちどまった。スプーンなしで家に帰ったりしたら、まちがいなくお母さんにひっぱたかれるからだ。

列のほかの生徒《せいと》たちは、「とまれ！」の号令《ごうれい》がなかったから、その場で立ちどまったほうがいいのか、しゃがんでいるアデライデを押《お》しのけて行進を続《つづ》けたほうがいいのかわからずにいた。そのとき、列の先頭のマルチェッラが機転《きてん》をきかせて、両手をひろげて列を

とめると、アデライデがまた行進できるようになるまで、待ってあげた。

最初《さいしょ》はぼうぜんとしていた先生も、そのあいだに我《われ》に返って、「全員、とまれ!」と、押《お》し殺《ころ》した声で号令《ごうれい》をかけた。そして、自分のクラスの生徒《せいと》以外《いがい》、まわりにはだれもいないことを目で確認《かくにん》した。いつものように、四年D組はいちばん遅《おそ》く教室から出てきていたから、階段《かいだん》には、ほかのクラスの生徒《せいと》はいなかった。

それからスフォルツァ先生は、冷《ひ》ややかな足どりでゆっくりと列の先頭まで歩いていって、あの白くてぶよぶよの手で、アデライデの右のほっぺたに思いっきり平手打ちをくらわせたのだ。びしゃん!という、ぬれぞうきんをたたきつけたみたいな音がひびいて、アデライデの頭が左肩《ひだりかた》のほうにかたむいた。それを見た先生は、まっすぐに立てなおすために、こんどは左側《ひだりがわ》のほっぺたをびしゃんとたたいた。

見ていられなくなったプリスカは、エリザの手をにぎって自分の胸《むね》に押《お》しあてた。プリスカの心臓《しんぞう》は、まるでガラス窓《まど》に何度もぶつかる小鳥みたいな勢《いきお》いで、どくんどくんと鳴っている。アデライデはうなだれて、まぶたをぱちぱちさせながら、鼻をすすりあげた。

「泣《な》くんじゃありません!」先生が小声で注意した。

アデライデの青ざめた顔には、先生の手のあとが、口紅《くちべに》で描《えが》いたみたいにくっきりと残《のこ》っていた。

「全校生徒《ぜんこうせいと》のいる昇降口《しょうこうぐち》でスプーンが落ちなかったことに感謝《かんしゃ》するのですね！」それでもまだ、スフォルツァ先生は怒《いか》りがおさまらなかったようだ。「もしこれが昇降口《しょうこうぐち》だったら、イタリア王国じゅうの学校から追いだされるところでしたよ」

「イタリアは共和国《きょうわこく》です」

だまって聞いていることにたえられなかったマルチェッラが、思わず先生の発言を訂正《ていせい》した。自分もほっぺたをひっぱたかれることは、覚悟《かくご》のうえだ。

ところが先生は、マルチェッラにむかってほほ笑《え》みながら、こう言った。

「よくできました、マルチェッラ。あなたには歴史《れきし》にプラス点をあげましょう。さあ、みなさん。前に進め！」

4　エリザ、「不公平《ふこうへい》なできごと」ノートをつくる

1　月

「たしかにそれは、ずいぶんひどい話だ」

エリザが話しおえると、カジミーロおじさんが言った。

「だけど、近ごろの公立小学校には、しつけのなってない子も通ってくるから、先生たちだって、なんとか規律《きりつ》を保《たも》とうと必死《ひっし》なのですよ」ばあやは、当然《とうぜん》だという顔をしている。「平手打ちなら、わたしも坊《ぼっ》ちゃん方《がた》が子どものころ、たくさんくらわせたものです。だからこそ、こんなにりっぱに成長《せいちょう》したんじゃないですか」そう言って、三人のおじさんたちを自慢《じまん》げに見つめた。

「時代がちがうだろう！」レオポルドおじさんがばあやの話をさえぎった。「それに、子どものころ、ぼくら兄弟は四人とも、悪魔《あくま》のようにやんちゃだった。ぼくらの子ども時代を知っている人は、みんなそう言うよ。それに、ばあやがお仕置《しお》きするのを、母さんも認《みと》めてたわけだし……」

「体罰《たいばつ》なんて、中世の教育方法《きょういくほうほう》だ」バルダッサッレおじさんも憤慨《ふんがい》した。「ばあやはもう年だから仕方ないけど……。それだって、もしうちのかわいいエリザがたたかれたりしたら、ばあやだって、だまってられないだろう？」

「うちのエリザは、たたかれるようなことは一度だってしてないし、これからもしませんよ」ばあやは一歩もゆずろうとしなかった。「だから、ルクレツィア夫人《ふじん》がおっしゃるように、エリザは讃美《アドラッツィオーネ》女子学園小学校に通わせたほうがよかったんですよ。まったく、民主主義《みんしゅしゅぎ》かなにか知りませんけど……」

「どちらにしても、エリザ……」みんなをなだめるように、カジミーロおじさんが言った。「路地裏《ろじうら》の子どもたちは毎日のように親にぶたれてるから、慣《な》れっこだよ。先生にたたかれたって、エリザたちみたいにショックを受けたりはしてないんじゃないかな。ほっぺたを二回ひっぱたかれるぐらいは、日常茶飯事《にちじょうさはんじ》だと思うよ」

「なんだ、その理屈《りくつ》は！　だからって、教師《きょうし》が自分の担任《たんにん》の子どもたちに手をあげていいことにはならないだろう」レオポルドおじさんが反論《はんろん》した。

「だけど、じっさいにそれがまかり通ってるわけだから、ぼくらにはなにもできないさ。とにかく大事なのは、エリザが体罰《たいばつ》を受けないことだ」

「そんなことをしたら、ぜったいにゆるしません！」マリウッチャおばあちゃんが、脅迫《きょうはく》するように声をあらくした。

「もし、その先生がエリザの髪《かみ》の毛《け》一本にでも手を出したら、すぐにぼくに言うんだぞ」カジミーロおじさんも続《つづ》けた。「ぼくが学校へ行って、先生をこてんぱんにやっつけてやるからな」

「なんだ、マレーシアの虎《とら》でもひきつれて、マシンガンや山刀《やまがたな》や新月刀《しんげつとう》をふりまわすのか？」バルダッサッレおじさんが茶化《ちゃか》した。

こうして、エリザの話は大笑《おおわら》いに終わってしまった。

でも、エリザはぜんぜん笑《わら》う気になれなかったので、自分の部屋に行って、新しいノートをとりだした。そして、タイトルのところに「１９４９年～１９５０年度　四年Ｄ組」と書いた。

それから、「教科」と書かれた欄《らん》に、活字みたいな文字で大きくこう書いた。

不公平《ふこうへい》なできごと

1　月

それは、エリザが思いついたアイディアではない。最初《さいしょ》にそういうノートをつくったのはプリスカで、二年前、自分のうちのお母さんが、子どもに対して、ほかのどのうちのお母さんよりもひんぱんに暴力《ぼうりょく》をふるうことに気づいたときのことだった。

ちょうどそのころ、プリスカが読んでいたお話に、看守《かんしゅ》にひどい言葉を浴《あ》びせられたり、暴力《ぼうりょく》をふるわれたりするたびに、独房《どくぼう》の壁《かべ》に文字を刻《きざ》んで書きとめていた囚人《しゅうじん》のことが書かれていた。いつか仕返しのチャンスがめぐってきたときに、ひとつ残《のこ》らず覚《おぼ》えていられるようにと考えてのことだ。でも、プリスカのうちには文字をきざめるような適当《てきとう》な壁《かべ》がなかったので、愛用《あいよう》の手帳を一冊《さつ》とりだして、お母さんにぶたれるたびに、メモをするようになった(もしも自分の部屋の壁紙《かべがみ》に傷《きず》をつけたりしたら、お母さんから体罰《たいばつ》を受け、書きとめなければならないことが増《ふ》えるだけだ)。

ただし、プリスカは自分に対してとても正直な子だったので、真ん中に縦《たて》の線を一本ひいてページを二段《だん》に分けた。そして左側《ひだりがわ》には「正当な理由」、右側《みぎがわ》には「不当《ふとう》な理由」と書いておいた。

何日かごとに集計すると、お母さんの体罰《たいばつ》の数はいつも、正当な理由がある場合のほうが、ない場合よりも少しだけ上回るのだった。

手帳には、ところどころに暗号のようなものが記《しる》されたページもあった。それは、プリスカが悪いことをしたけれど、お母さんにはバレないですみ、したがって罰《ばつ》も受けなかったことを書きとめたものだ。数えてみると、お母さんにバレなかった悪事の数は、正当な理由もなしにくわえられた体罰《たいばつ》の数とほとんどおなじだった。そのためプリスカは、お母さんに対して一方的《いっぽうてき》に不満《ふまん》に思ってばかりもいられないのだと認《みと》めるしかなかった。

「だけど、いつかあたしがお母さんになったとき、十七人の子どもをぜったいにぶったりしないんだ」と、プリスカは心に誓《ちか》った。「だって、あたしの子なら、みんないい子に決まってる。それにぶたれるって、すごくみじめな気持ちだもの。あたしは、子どもたちみんなに、自信《じしん》と誇《ほこ》りを持った人間に育ってほしいの」

エリザが部屋にこもって、きれいな文字で「リボンをしていないという理由だけで停学《ていがく》処分《しょぶん》になる。三《み》つ編《あ》みを切り落とされる」などと書いているとき、プリスカは自分の家であしたまでの宿題にとりくんでいた。いちばん好《す》きな宿題を最後《さいご》にとっておいたのだ。作文で、しかもテーマは自由。「空想のできごとでも、本当のことでもＯＫ」というものだ。

その日の午前中、学校で起こったことを思いだしながら、プリスカはガブリエレ兄さんを探《さが》しにいき、こんなふうにたのんだ。

「お兄ちゃんにスプーンを発明してほしいんだけど……」

発明好《はつめいず》きなガブリエレ兄さんは、発明家がみんなそうであるように、頭の回転が速くて、理論的《りろんてき》だった。

「おまえなあ、スプーンなんて、人がまだ洞窟《どうくつ》に住んでた時代に、とっくに発明されてるんだぞ」

「そうじゃないの。あたしが発明してほしいのは、特別《とくべつ》なスプーンなの。機械《きかい》じかけのスプーンっていうか、なにか秘密《ひみつ》のしかけがあって、お仕《し》置《お》きの道具としても使えるようなやつ」

「よしきた」ガブリエレ兄さんは言った。「いつまでに必要《ひつよう》なわけ?」

「いますぐ。あした、学校に作文の宿題を出さ

ないといけないんだけど、それに書きたいの」

「なんだ、作文に書きたいだけなら、本当に動く必要《ひつよう》はないんだな?」

「そう、なにかアイディアがほしいだけ。ものすごくこわいスプーンがいいな」

「そうだなあ。でも、スプーン一本じゃあ、たいしたことはできない気がする。スプーンセット一式を使うっていうのはどう?」

「いい考えだと思う。とにかく、こわくてたまらなくなるようなやつにして」

ガブリエレ兄さんは、すぐさま仕事にかかった。そして、それから約《やく》三十分後、図や絵や計算式やメモがびっしりと書きこまれ、ジャムの指紋《しもん》でべとべとになった三枚《まい》の紙をプリスカにわたした。というのも、アイディアを練《ね》っているとちゅう、ガブリエレは脳《のう》の回転をよくするために、おやつを食べたのだ。

プリスカは、その紙を二分ばかり食い入るようにながめていたかと思うと、ぱっと顔をかがやかせてつくえに向かい、下書き用のノートをひろげて、ページの最初《さいしょ》にこう書いた。

5　「のろわれたスプーンの話」（プリスカの作文）

むかしあるところに、アルチーニャ・ストルタという名前の、たいへんお金持ちで気むずかしい女の人がいました。ちょっと年をとっていて、銀ぶちのメガネをかけていました。かみの毛の色もはい色で、はり金みたいでした。白うさぎを育てるのが仕事で、マンションの下の階にあるレストランに、うさぎを売っていました。うさぎが、にこみ料理《りょうり》にされても、かわいそうだとも思いません。

ストルタ夫人《ふじん》は、とてもきれいな家に住んでいました。家具もすごくきれいだし、シーツもテーブルクロスもすごくきれいだし、お皿やスプーンやフォークもみんなすごくきれいでした。

それでも夫人《ふじん》は、満足《まんぞく》ではありませんでした。スプーンの形がエレガントではないと言うのです。あんまり何度ももんくを言うものだから、ある日、がまんできなくなっただんなさんが、みごとな銀のスプーンセットをプレゼントしました。ビロードのケースに入っていて、持ち手のところには、A・Sと、夫人《ふじん》のイニシャルも入っていました。

じつはそのスプーンセットは、ふうがわりな科学者の実験室《じっけんしつ》でつくられたもので、特しゅな細工《さいく》がほどこされていました。だんなさんはそんなことを知らずにプレゼントしたのでした。もちろん、もらったほうのおくさんもなにも知りません。

このスプーンの一つ目の特《とく》ちょうは、お料理《りょうり》の味をまずくすることでした。

新しいスプーンセットを見せびらかすために、ストルタ夫人《ふじん》ははでな夕食会をひらき、町の有力者をしょうたいしました。料理人《りょうりにん》に命令《めいれい》して、最高《さいこう》の味のトリュフのスープをじゅんびさせたのです。ストルタ夫人《ふじん》は、お客さんたちがほめてくれるものと思っていました。

ところが、市長がなみなみとスープの入ったスプーンを口に運んだとたん、しおれたパセリと、くさったたまごがまざったような、ひどい味が口の中にひろがり、思わずお皿にスープをはきだしてしまいました。市長のおくさんも、いたんだ魚のようなひどい味を感じました。そして、エチケットを気にして、ナプキンの中にこっそりとスープをはきだしました。司教《しきょう》さまは、犬のふんの味がして気ぜつしそうになりました。イミテーション夫人《ふじん》は、へどの味がしたので、やっぱりスープをはきだしてしまいました。

まわりの人たちにつられて、ほかのしょうたい客たちも、ぺっぺっとやりはじめたので、ストルタ夫人《ふじん》の夕食会はだいなしになってしまいました。

スプーンの二つ目の特《とく》ちょうは、思ってもみないときに、二本ずつ組になっておたがいにぶつかり合い、かちゃかちゃとカスタネットのような音を立てながら、歩きはじめるということでした。

ある夜、ストルタ夫人《ふじん》がぐっすりとねむっていると、いきなりそのおかしな音がして、目が覚《さ》めました。こわくてたまりませんでしたが、さけび声はあげませんでした。もしかすると、だんなさんが夫人《ふじん》をおどろかせようとして、ないしょで音楽の練習をしているのかもしれないと考えることにしました。そうしたら、少しこわくなくなったのです（でも、だんなさんはそのころ、ぐっすりとねむっていました。少し耳が遠かったので、なにも聞こえなかったのです）。

こうして、ストルタ夫人《ふじん》は、そのままねむったふりを続《つづ》けていました。すると一組のスプーンが、まるでカニのハサミのように、かちゃかちゃとくっついたり、はなれたりをくりかえしながら、暗やみの中をベッドのほうに近づいてきました。そして夫《ふ》人《じん》のかたにかみついたのです(どちらかというと、思いっきりつねったと言ったほうがいいかもしれません)。夫《ふ》人《じん》は悲《ひ》鳴《めい》をあげました。次にスプーンは、だんなさんのベッドへ行き、足をつねりました。そして、キッチンにもどると、食器《しょっき》だなの引き出しに入っていきました。

だんなさんもおくさんも、この家にはゆうれいがすみついていると思い、こわくてたまらなくなりました。

スプーンの三つ目の特《とく》ちょうは、そのスプーンにうつった顔が、じっさいよりもはるかに美しく見えるということでした。ある日、夫《ふ》人《じん》はスプーンがぴかぴかに光るまでみがきあげました。そして、顔の高さに持っていくと、そこには見なれた自分の顔ではなく、とても美しい女の人がうつっていました。

「かみがたを変《か》えたから、美しさがひきたつようになったのね」

そう思ったおくさんは、美人コンテストに参加《さんか》することにしました。

ところが、ぶたいを歩いている夫人《ふじん》のすがたは、しんさ員や観客《かんきゃく》には、これまでとまったくおなじに見えていましたから、やじやブーイングが起こり、うれたトマトや、たまごが投げつけられました。かわいそうな夫人《ふじん》は、みじめな気持ちになりました。そして、コンテスト会場からにげだして、かくれる場所をさがさなければなりませんでした。

だんなさんも、スプーンにうつった自分の顔を見たら、信《しん》じられないくらいカッコよかったので、これならもっときれいなおくさんがもらえるはずだ、と考えました。そこで、荷物をまとめて家を出ていき、それからというもの、連《れん》らくがとだえてしまいました。

スプーンの四つ目の特《とく》ちょうは、ときどき、目に見えないあながいくつも開いてしまうことでした。

自分の身に起こった悲しいできごとをわすれるために、ストルタ夫人《ふじん》はアフリカ旅行をすることにしました。さばくを歩いていたら、持ってきた水を全部、飲みおわってしまいました。でも、ラッキーなことに、小さな池のあるオアシスにたどりつきました。ほかの観光客《かんこうきゃく》はみんな、手のひらで水をすくって飲んでいましたが、ストルタ夫人《ふじん》はきれい好《ず》きだったので、食事のときに上品に見られたくて持ってきていた銀のスプーンをとりだしました。そして、さいなんをまねくとは思いもせずに、それを使って水を飲むことにしたのです。

ストルタ夫人《ふじん》は、スプーンになみなみと水をくんで、口もとまで持っていきました。ところが、いざ口に入れると、スプーンはそのたびに、からっぽになってしまうのです。そのため夫人《ふじん》は、池は本物ではなく、しんきろうだったんだと思いこんでしまいました。そしてほかの観光客《かんこうきゃく》は好《す》きなだけ水を飲んでいたのに、ストルタ夫人《ふじん》だけは、水を一てきも飲むことができず、自分の運命をのろいながら、死んでいきました。

それでも、かの女《じょ》がいなくなったことを悲しむ人は、だれもいなかったということです。

1　月

「おまえ、本当にこんな作文を先生に提出《ていしゅつ》する勇気《ゆうき》、あるのか？」

作文を読んだガブリエレ兄さんは、自分の考えだした、新しい技術《ぎじゅつ》と魔法《まほう》の合体したアイテムが、物語のなかでうまく使われていることを認《みと》めたうえで、そうたずねた。

「どうして?」プリスカは、あたしはなにも悪いことはしていないというように言った。「だって、主人公の女の人の名前は、おまえの担任《たんにん》の先生の名前によく似《に》てるじゃないか。自分で気づいてないのか?」

「世界には、似《に》た名前の人なんて、いくらだっているわよ。もしも、先生が自分のことを書かれたと感じたら、良心《りょうしん》にやましいところがある証拠《しょうこ》でしょ?」

「おまえが先生への当てこすりを書いたんだと思われたら、作文の点数を0にされて、連絡帳《れんらくちょう》に注意書きまでされるぞ」

ところが先生は、プリスカの作文に8点をつけて返してくれた。訂正《ていせい》の赤字もほとんど入っていなかった。

「たしかにあなたは空想力が豊《ゆた》かだし、表現力《ひょうげんりょく》もすばらしいわね」と、先生はほめてくれた。

すると、レナータ・ゴリネッリが手をあげて発言した。

「先生、みんなの前で読んでください!」

四年D組では、作文で8点や9点や10点をとった人がいたら、お手本になるように、声を出して読みあげることになっていたのだ。

ところが、その日、スフォルツァ先生はこう言った。

「残念《ざんねん》ですが、きょうは時間がありません。9点をとったズヴェーヴァの作文を読むことにします。作文のタイトルは、『ゆるすことと、へりくだること、そして貧《まず》しい者たちにほどこしを与《あた》えることの価値《かち》』というものです」

――スフォルツァ先生は、あたしの作文が当てこすりだって気づかなかったのかな。それとも、気づかなかったふりをしてるのかな――プリスカは心のなかで思った。

そのとなりでエリザは、プリスカの作文を読ませてもらったおかげで胸《むね》がすかっとしながらも、考えこんでしまった。

――いったいどれくらい悪いことをすれば、先生の堪忍袋《かんにんぶくろ》の緒《お》が切れて、わたしのことをひっぱたくんだろう――

そして、ほかに解決策《かいけつさく》を思いつかなかったので、危険《きけん》を覚悟《かくご》のうえで、先生にぶたれるまで、とことん悪いことをしてみようと決心した。そうすれば、このあいだの約束《やくそく》どおり、カジミーロおじさんが先生をとっちめてくれるにちがいない。

下巻へつづく

訳者　関口英子

埼玉県生まれ。大阪外国語大学イタリア語学科卒業後，翻訳家として活躍。児童書，小説，ノンフィクション，映画字幕など幅広い分野を手がける。おもな訳書に，カルヴィーノ『マルコヴァルドさんの四季』，ロダーリ『チポリーノの冒険』『青矢号 おもちゃの夜行列車』『兵士のハーモニカ』，ガンドルフィ『ネコの目からのぞいたら』(以上，岩波書店)，「天才!? 科学者シリーズ」(全10巻，岩崎書店)，『アウシュヴィッツの囚人写真家』(河出書房新社)などがある。

あたしのクオレ 上（全2冊）　岩波少年文庫 237

2017年2月16日　第1刷発行

訳　者　関口《せきぐち》英《えい》子《こ》

発行者　岡本　厚

発行所　株式会社 岩波書店
〒101-8002 東京都千代田区一ツ橋 2-5-5
電話案内 03-5210-4000
http://www.iwanami.co.jp/

印刷・三陽社　カバー・半七印刷　製本・中永製本

ISBN 978-4-00-114237-2　Printed in Japan
NDC 973　304 p.　18 cm

岩波少年文庫創刊五十年——新版の発足に際して

心躍る辺境の冒険、海賊たちの不気味な唄、垣間みる大人の世界への不安、魔法使いの老婆が棲む深い森、無垢の少年たちの友情と別離……幼少期の読書の記憶の断片は、個個人のその後の人生のさまざまな局面で、あるときは勇気と励ましを与え、またあるときは孤独への慰めともなり、意識の深層に蔵され、原風景として消えることがない。

岩波少年文庫は、今を去る五十年前、敗戦の廃墟からたちあがろうとする子どもたちに海外の児童文学の名作を原作の香り豊かな平明正確な翻訳として提供する目的で創刊された。幸いにして、新しい文化を渇望する若い人びとをはじめ両親や教育者たちの広範な支持を得ることができ、三代にわたって読み継がれ、刊行点数も三百点を超えた。

時は移り、日本の子どもたちをとりまく環境は激変した。自然は荒廃し、物質的な豊かさを追い求めた経済の成長は子どもの精神世界を分断し、学校も家庭も変貌を余儀なくされた。いまや教育の無力さえ声高に叫ばれる風潮であり、多様な新しいメディアの出現も、かえって子どもたちを読書の楽しみから遠ざける要素となっている。

しかし、そのような時代であるからこそ、歳月を経てなおその価値を減ぜず、国境を越えて人びとの生きる糧となってきた書物に若い世代がふれることは、彼らが広い視野を獲得し、新しい時代を拓いてゆくために必須の条件であろう。ここに装いを新たに発足する岩波少年文庫は、創刊以来の方針を堅持しつつ、新しい海外の作品にも目を配るとともに、既存の翻訳を見直し、さらに、美しい現代の日本語で書かれた文学作品や科学物語、ヒューマン・ドキュメントにいたる、読みやすいすぐれた著作も幅広く収録してゆきたいと考えている。

幼いころからの読書体験の蓄積が長じて豊かな精神世界の形成をうながすとはいえ、読書は意識して習得すべき生活技術の一つでもある。岩波少年文庫は、その第一歩を発見するために、子どもとかつて子どもだったすべての人びとにひらかれた書物の宝庫となることをめざしている。

（二〇〇〇年六月）